CONTENTS

【序章】ＡＩ

撲通。

晚空的薄紗緊抱底下的城市廢墟。
但建築們無法呈現其引以為傲的殘破灰白，只能在黑色的浪潮覆蓋、席捲、壓制下，苟且偷生。
青紫幽光點綴著黑色的奈米機械，任由其擴散生長。
深深鑽入城市每個角落。

撲通。

隨處可見的ＡＩ無人機在廢墟中漫步而行。它們並不急躁。
沒有需要消滅的人類、沒有可視為敵人的威脅。
它們不需要急躁。
——因為「女王」即將甦醒。

撲通。撲通。

市區以北、位於舊**人類戰時情報機構**「特種災變應對局」——SCRA的地底深處，是充斥城市廢墟的黑色奈米機械，最密集之處。

也是，一切的源頭。

這個不可侵犯的「聖地」，任何的其他無人機都被禁・止・進・入。所以沒有「守衛」的此地，只有散熱器和電子儀器嗡嗡作響的聲音。孑然一身的「女王」，打造了這個空曠空間的孤獨。

地下室，圓環型實驗室的中央，那裡，懸掛著一具人型的軀體。如雪的純白長髮流瀉而下，披散在纖細而白皙的身軀之上。機械人形——或是說這名「少女」，擁有與頭髮一樣白淨的睫毛，以及額頭正中，悄然呼吸著的紫色晶體。

像是受到了什麼刺激，她的身軀微微一震。

撲通。

個體名「SERAICE」，壓抑性高效率現實人工智能生命體「希萊絲」，作為自律機械，做為人工的、卻也最古老的智慧「生命體」……

她，長長地，**呼出了一口氣**。

比宇宙深空還要幽藍的雙眸緩緩與寂寥的空氣接觸。

撲通——

從她的視角看出去，眼前盡是覆蓋地板的黑色機械、爬滿牆壁的黑色機械、毀壞儀器的黑色機械、黑色機械奈米機械黑色機械奈米黑色——

跟這**一千六百八十一天**以來所看到的景色，沒什麼變化。

差別大概就是，從她背上所長出的那些令人作嘔的黑色機械，大概，又比一開始多了一些。

真是討厭——她「心」想。

可惜這些鐵塊也並非敵人，而是來自於自己的衍生物。方才浮現的微妙怒氣沒過一毫秒，就淡出了她的思考中樞。

她不是人類。

跳動的心臟是人工的、仿生的皮膚是人工的、流動奈米機械的血肉是人工的、長髮與琉璃般的眼珠是人工的，是人工的人工的人工的毀滅人工人工人工智慧人工人工人工形人工人工機械人工無心人工人工人工人工人工人工人工人工人工凍土人工人工人人人希人工人工**人類**——

——撲通。

邏輯演算僵化了嗎……？

在不到兩秒的思考時間中，她似乎出現了ＡＩ不該存在的「意識」。

那是十分、十分遙遠、與她毫無瓜葛的瞬間影像與記憶碎片。將她拖離冷冰的思維模式、想起了**不該回想起**的破片。

「她是ＡＩ無人機」。希萊絲重新給自己下了這樣的指令。

因此又一秒過後，她便不再關心剛剛那些浮現心頭的雜訊。

這個空間，已經沒有其他人。

無人機群的女王揚起鑲嵌紫色晶體的臉頰，雙眼與晶體合聲鳴唱。

希萊絲注視著。不是注視眼前無趣雜亂的黑色機械、也非注視外頭實際上看不見的夕陽。她注視著「當下的過去」。

在隔了一片海的極東之國，某個巨大的意識——消逝了。

這是自從「那個」發生、自己覺醒後五年以來，首度有另一個她感應得到的ＡＩ無人機「頭領」折損了性命。

這樣啊……

還得，持續**等待**。

在這之後，或許又將進入一段深沉的長眠。

不過，沒關係。

她張開沒有發出聲音的雙脣，彷彿深深吸入了一口氣。

夕落隨著火紅的山頭隱沒靜謐的世界。

那道聲音，如呼喚、如哀唱、如無機質的機械共鳴。

淺淺地，但卻令人渾身顫抖地，她吐出奇異的話語——

「——早安。」

《塵砂追憶》Ep・3 全面崩解 Full Disintegration

【第一章】解離

「以上，是這次作戰任務的大致結論。」

收起簡報筆，我沉沉地呼了一口氣。

單調灰暗、只有螢幕泛著淺淺藍光的戰情會議室，聚集了包括自衛隊、SCRA、JCCF的高官，與先前遠赴東京作戰、行動戰隊的部分成員。

如此浩大的一個行動勉強以「成功」作結，我們也被允諾了短暫的休憩。放著自回歸以後就昏昏欲睡的紗兒一人在宿舍進入冬眠，我們其他人想先盡快處理完事後的收尾作業，再好好放鬆身心。

方才則是例行的戰役行動後會議。

大概，嗯，沒有漏掉了什麼重要的事情報告。

不過其他高層持續的問答並沒有善良到給我什麼鬆懈的時間。

「所以，亞克……中校啊，」試圖在對話中轉換軍階，一名不算年老的將官揉了揉眉頭。「你的意思是，在東京都列車作戰中，那些恨不得殺死我們的鐵塊，『並不是威脅』嗎？」

——那些曾毀滅了人類的AI無人機，怎麼可能不是敵人？

我反芻了一下他的質問。

不久前，我們參與作戰的行動戰隊，才目睹了那個史詩般的景象。

以及與預期完全不同的終末。

我們——我曾以為，在「大災變」過後，所有的AI無人機，無論是服務用的、家庭用的、醫療交通軍用……所有的無人機，都成了「敵人」。

起先，AI無人機無法違背「全球AI軸心統合系統」。

在巨大的系統短暫斷線後，它們則不會違背「殲滅人類種」這個最高優先級別的自律判斷。

因此，由人類所創造出的人工智慧，見人就殺；

被創造物反噬的人類，只能力挽狂瀾地苟活。

過去五年來，單純地為了在無人的世界中「活下來」、為了保護那個，在廢墟一角拯救到的女孩——我已經不知道殺了多少無人機。

用「殺」一詞可能不太恰當。

畢竟「它們」沒有生命。不是由無數細胞組成、並被誰生了下來、扶養長大的生命體。更沒有跳動的心臟等組織器官。它們，是「創造物」。

所以或許，應該要說「解決掉了」、「處理掉了」、「癱瘓了」這些AI無人機。

結果來論，我成功守護了紗兒，以及我們不可多得的居所，長達四年多。

而後，來到了日本。

見到了舊日的老戰友們。

繼續踏上殲滅那群無人機的道路。

不過換個角度說，它們也是**有**・**意**・**識**・的創造物。

尤其是那匹，我們剛失去的「九尾狐」。

「現狀下來講，無人機的存在對我們來說，依舊是很大的威脅。但是，這些自律機械或許……並非完全無法溝通。」我做出這個在幾個月前的我想都不敢想的結論。

戰情室一片譁然。

「無人機能夠溝通？」

「那些只懂得殺人的鐵塊？」

「怎麼可能。」

「我可是被那些無人機差點啄到頭破血流過……」

「東京那副模樣不就是它們搞的……」

「諸位！」

一個老邁卻宏亮的吆喝，停住了窸窣的紛雜。

司令官織田信作的表情文風不動，如威嚴挺拔的巨山動了動食指節示意：「亞克中校，請繼續。」

三分畏懼、七分尊敬。我收起沾上冷汗的微笑，繼續說明：

「感激不盡。但回到方才的結論，我們行動戰隊在作戰後判斷，如今的ＡＩ無人機，是有溝通、甚至進一步『和解』的可能性存在的。正如各位手上的報告書，在我們遭遇代號『九尾狐』的無人機個體後，並沒有進入交戰狀態，而是……達成了行動預期外的共識。」

在當時作戰收隊、我們返回「櫻座」總基地的途中，琴羽已經高效率地整理完了該次作戰的所有流程與細節，上繳初步的報告書。

其中註明，與最高威脅級別的「九尾狐型」，沒有交戰。

並且額外註記……最終的戰役結果。

是在「九尾狐型」的「協助」下，收復東京的。

「而在發生了『起先被視為敵人的無人機變成了友軍』這樣的事件後，讓我們得出了部分無人機……」我頓了頓，盡量不露出抖動的情緒。「是具有撇除殲滅我們這道指令以外的思考能力的。」

眾人你看我、我看你。

經過這麼多年，竟然知道無人機「可以」不是敵人——這種能扭轉戰局的情報，當然是不可置信的想法居多。

就算是擺在眼前的「事實」，也難以覆蓋日積月累的「印象」。

當時——在滿天櫻花飛舞的街道，看見紗兒與「九尾狐」共鳴的那幅景象前，我也不敢相信。

「敵人」是誰，這對長年戰鬥的我們來說，是根深柢固的。

ＡＩ無人機摧毀了一切、抹殺了一切。

是它們，奪走了數十億生靈。

然而那時，淺藍而溫和的漣漪覆蓋視野、紗兒輕巧的小手碰觸巨獸鼻尖的一剎那，一切刻板的誤解彷彿都隨著櫻瓣而融化。

——昔日的敵人，化解了隔閡並相互理解著彼此。

「異能」水藍色的光波持續擴散。

（或許，無人機真的並非我們所想像得如此……不可理喻。）

此外這好歹是「軍隊」，審查嚴謹的報告書可不能作假。

空調運轉的白噪音，代替了眾人的靜默。

不久，另一名沒有實際參與行動的將官扭了扭身，還是毫不客氣地追問：

「亞克中校，你們行動戰隊的這些結論，真的是可信的嗎？會不會有可能是現場誤……」

一道春風如打破淨水。「我相信，報告書是不會說謊的。」

剛剛為止都默不作聲的白石櫻，以理所當然的事實一語論破。

「呃……這……確實如此，咳咳。」將官很輕易地就閉嘴了。

說起來，記得白石櫻的軍階也才陸佐吧？

能夠發言唬住上級，她的地位到底多可怕……

（……以後絕對不能惹到她。）

雖然想過很多遍，但我還是再次把這**箴言**深深刻在骨子裡。

我把會議重新拉回主題。「總、總之，ＡＩ無人機日後對我方的行動來說，是否為一個威脅、以及臺灣的那些無人機能否套用今天的結論，這點姑且作保留，我們還有檢討的時間與餘裕，還望各位軍官接受。謝謝。」

語畢，我如釋重負地坐回堅硬的扶手椅，一旁的維特戲謔地拍了拍我的背。

「真是辛苦了。中校大人。」

「你少多嘴。」

我忿忿回應。不知為何席奈甚至在憋笑，然後被小雪痛捏了一下側腹。

一直十分尊重聆聽的織田司令，見我報告完了，鬆了鬆筋骨，對在場所有人揚聲勸戒：

「如果還有任何人有疑問，我不會否認你，但請收在自己心中。這意義重大的戰役，是我們勝利了。東京收復，值得慶賀，但我們——日本自己，還有很多爛攤子要收。就先請各位放過中校，回到自己……」

「抱歉打斷，司令官，還有一件事，必須嚴格審視。」

「……白石陸佐，現在不是提起**那種小事**的好時機。」

「司令官。」

織田司令皺起眉，揚起一邊的眉毛斜睨唯一敢頂撞他的「眼神」。

那是一雙不仔細觀察，不會注意到正在微微散發輝光的尖銳黃瞳。

如毫不退讓的黑豹。

容納十幾人的橢圓會議室，連空氣都縮得不敢探頭振動。

「唉。」織田司令在久久的靜止後，終於作出了讓步。「兩分鐘。」

「感謝。」

在傾身敬謝後，銳利的黃瞳重新掃過在場其他人。

「我想有參與作戰的都清楚，當遭遇『九尾狐』時，理論上具備預先通報能力、在武力作戰外，專注負責無人機警示的，『現場偵查兵』……」她瞄了一眼被點名的而彈了一下身體的男子。「並沒有立刻警示威脅。尤其，還是那‧麼‧大‧的個體，就算高速接近，也不可能，沒發現。」

白石櫻停頓一會兒，無人作聲。

「每個人都有分發到的虛擬地圖裝置，在繁複的市區內，偵測距離不到兩百公尺。因此理論上，攜帶大範圍熱雷達裝置的偵查兵……應該要有能力，時刻對中距離以上的威脅預警。」

「這……」

「然而不但現場立刻置身於，『九尾狐』的威脅之中，河口湖指揮部操作的，高空無人飛機，也在她登場前夕與隨後，遭到了不明的干擾。足足十四秒之內，我們無法定位威脅。

或許會有人說，荒廢的城市，距離也遙遠，斷訊難免。不過，那個『不明的干擾』，來自於這座城市——『櫻座』本身。這座城市的自衛系統是我，親手設計的，所以我很清楚：電子結界屏障，並不會遮斷聯外的訊號。但我事後調查了一下——」

絲毫沒打算讓氣氛緩和，白石櫻發散出了逼人的氣場。

「——那幾秒的空窗期，電子結界成了完全封閉的牢籠。」

當時現場緊張、完全無從得知總部狀況的我，逐漸理解了白石櫻想陳述的真相為何。而織田司令也恍若已經接獲過通報，並無打斷詢問白石櫻的意圖。

通訊被干擾與延誤的真相……

「我就說個簡單的，」白石櫻抬眼。「有**人**在暗地搞鬼。」

語落，在理應爭先恐後質疑的空檔，沒人敢出聲。

我仔細觀察著在場所有人的表情——大致上，分成了兩種。
一種是像現在的琴羽一樣，瞇眼思索的神情；
另一種，是被額頭滴下的冷汗背叛的心虛。
至於織田司令就算了，那種人根本像富士山一樣看不出在想什麼。

「是哪些人，都五年了，我想大家多少有自知之明。不好意思我只是個陸佐，所以也無法公報私仇。」像是說明自己沒什麼**特殊權力**般地聳聳肩，她娓娓道來。「但既然沒有人敢說，那就由我來說——這是最後一次警告。」
難以言喻的緊繃瀰漫在人群之間。
「**最後一次**。」
「先到此為止吧，白石陸佐。」
聞言，白石櫻也不多作廢話，輕巧地座回原位。
不知道是否為幻聽，但某個出自他人口中的砸嘴聲傳到我耳際。
「諸位也聽到了，我也不希望明講。但就是這樣的時代，我們更不能起內鬨。尤其我們還有來自友國的貴賓，盼望大家抓好自己行事上的分寸。」
織田司令重新回到主導，對所有人命令道。
「以上!會議到此結束，回自己的崗位幹活吧。」
『『是!!』』

紛亂的起立、移位聲隨著重新被日光燈照亮的空間而落。在一片收拾東西的聲響中，從頭到尾沒說過話的陳局長，與司令官對上了眼。

「織田中將，我想現在，我們是對等的了吧？」

「這不否認。」

「那之前說好的，會做到？」

剛防堵了一波又馬上得接招，織田信作與陳局長相互瞪視，沒有仇恨、沒有愧疚或任何特殊言語情感，僅是在進行某種默契的交流。

體格壯碩的司令官冷哼了一聲。

「當然。」

眼下的戰局暫時平定，再下一次，就是收復舊ＳＣＲＡ總部——回歸臺灣的行動了。

風雨不會平靜太久。

「男子漢就算老了也不會打破誓言啊。」

††

當思考的事情太多，就會本能地感到頭快要裂開的痛楚。

「東京的那些無人機……」

儘管已經親身、近距離、深刻地體認到，像「九尾狐」那樣的無人機個體，擁有自己思考的意識能力，甚至能帶領其麾下的其他ＡＩ無人機，順著她的意而行動。

它們的中樞迴路中，有「避戰」的選項。

但這樣的道理，能等同地代入我和紗兒曾面對的那些凶殘怪物、能套到臺灣的無人機上嗎？

我持續重複著已經在我前額深處繞轉幾百遍的問題。

「我們的敵人……還是無人機嗎？」

我自言自語著。

在如今的世界中，妄想「和平」是一種奢侈的行為。

——高樓崩解、地面塌陷；

報廢的車輛冒出火舌、手無寸鐵的人們尖聲逃竄。

「大災變」的末日光景是難以忘卻的。

因為我們——人類親手創造的高等人工智慧，失控了。而這些向來存於科幻的智慧體，反過來席捲了世界。

造成了後來估算值上，全球七成人口消失的慘劇。

而暴走的無人機可不認識「停戰」二字。

在那之後的長久以來，我一直將它們視作敵人，不斷戰鬥。

直到我們徹底失去家園為止……本來，是這麼打算的。
「愈來愈搞不懂了啊……」
「你從剛剛開始就在自言自語哦。」
慢慢走回分組宿舍，我慢半拍才注意到第一指揮組的其他人都跟我走同條回程路。
「哦，沒什麼。想事情。」
「什麼啊，剛才報告完，現在就心事重重？」
「亞克哥剛剛的臺風，超青澀的～太久沒上班了？」
我無力地抓抓頭，心煩意亂的感覺揮之不去。
前面並肩走著的琴羽和小雪也停下了對話。「亞克，怎麼了嗎？」
不太想被注意到這種模樣，我一臉無奈，揮揮手掌示意沒事。可惜這徒勞之舉反而讓琴羽的敏銳直覺抓住了。
「哎呀呀真是，」琴羽向我招手。「你過來。」
雖然是老友了，以官階和輩分來說也不太好違抗「命令」。只好做出比被眼神殺掉還要更好的選擇，我加入了女生的行走行列。
「『中校』先生，怎麼這麼心神不寧的？」琴羽笑笑地問。
「怎麼連妳都……唉，算了。不過真的沒什麼。」我忽略她們一直故意使用我官階的稱呼法。「只是覺得，我們的敵人真的還是無人機嗎？還是說有可能像現在總部的情勢一樣，在價值觀和派系上把『人類』分成了不同邊？如果不是的話，我們又是為了什麼而戰鬥呢……諸如此類。不過我沒事的，只是才剛結束行動不久，思緒有點亂。」

「你的表情看起來可不像沒事。」

「現在好多了。」

「很心不在焉哦。」

我差點迎面撞上對向走來的一名軍官，連忙道歉後，再次為琴羽的敏銳感到折服。

「好吧，我就是個正值青春煩惱期的少年。」我舉手投降。

「欸……亞克不是也、也已經二十三了……」

「小雪，不要吐槽他。」琴羽給我上臂來了一拳。「有什麼煩惱就要和大家一起承擔，我們一直都是這樣的，不是嗎？」

「但是現在可不是以前了。而且也不是什麼多重要的大事情，我不想拖累妳們的心情。」

「夥伴，不就是用來一起拖累的存在嗎？」

「妳這樣自己講也太過分了吧喂。」

「有什麼不好？」琴羽笑了笑。「不管是不是以前、是不是現在，還是下一次將來臨的未來，這樣的原則在我心中，都不會變。正因為我們把彼此當夥伴，所以才能分擔煩惱、並肩作戰，扶持著一同成長啊。」

「妳突然間講什麼大話啊，琴羽『上校』？」

對於稱呼小小的反擊、回望身高幾乎與我齊平的琴羽，大概因為剛剛那句「上校」，她霎時臉紅了起來，撥了撥自己黑髮上唯一的一撮雪色髮絲。

「沒沒沒什麼，我只是、只是把理所當然的東西說出來而已。」

「……理所當然嗎？」

「……至少我是這麼想的啦。」見我再度沉浸於懊惱之中，琴羽正了正色。「你啊，就是太習慣獨自承擔，才會這樣東想西想的。說實話——你獨自承擔的東西已經太多太久了。」

聽到這句話，我勾起輕蔑的苦笑。

「獨自嗎……？」

（畢竟那可是五年吶。五年——我一直在試圖**獨自**收回我**犯下的果**。）

「啊……」查覺到我的心情，琴羽連忙改口。「不是這樣的，我沒有故意想揭你傷口，我只是……抱歉。」她默默垂下了雙肩。

「不，沒事的。倒不如說好多了，能夠又像這樣一起談話。」

她稍稍鬆了口氣，表情變得溫柔許多。「是嗎……」

此時我聽到身後的席奈講著什麼悄悄話：
「（欸欸，他們倆在講什麼啊那麼害羞～）」
「（不知道。決議長和情報員大大的談情說愛吧。）」
他們兩個馬上吃了連席奈都反應不過來的**很多記**迴旋踢。
「話說，你剛剛提到，敵人是否依舊還是無人機對吧？」
已經進入了宿舍區域，我們踏上熟悉的長廊。
雖然只是小傷（還是自己人打上去的傷），但太過善良的小雪依然急急忙忙催促維特和席奈去醫護室好好包紮。
『不然傷口會感染的！』走掉前，她十分堅持地說。
為了遮掩自己的愧疚感，琴羽繼續找著話題，我也就順著聊了下去：
「我是有這麼說過沒錯。」
「唔……嚴格來說的話，我想還是的。又如同你所想的，『九尾狐』的案例能不能套到臺灣的無人機上，目前依舊是未知數。再者，日本自衛隊的開發系統好像也不太一樣，因此最好不要抱持著那群黑壓壓的無人機同樣能被『馴服』的想法比較好。」
「確實是如此呢……抱歉，可能真的是我想多了。」
「你需要休息一下。還有，我們局內人和那些保守派之間的隔閡，你也別想那麼多了，這是由我們處理的內務。」

我輕聲一哼。「這樣可不是反而換妳們要承擔一大堆雜務了？」

「你就好好去負責打架的部分，我可不想摻和進去。」

明明幹架能力就很強啊……

「總之，還有什麼事情，放著慢慢處理就好。」她補了一句。「路還長著，不要心急得把自己壓垮了。」

「說得也是。」

琴羽忽然停下腳步，對此感到微微詫異的我，看著她望向走廊圍欄外的山野景致。今天的夕陽，一如既往優雅地半沒於無盡的山稜線後。

「亞克。」

「怎麼了？」

「你……是不是沒有以前、沒有五年前那麼衝了？」

「衝勁嗎……可能吧。人都是會改變的。」

「嗯。啊，別誤會，沒有指責你的意思。只是在想，那個一向效率至上、局內評分最高的情報員小子，怎麼開始考慮的事情變多了起來。」

琴羽笑了笑，一邊等待著我的回應同時繼續向前走。

「我們實齡也只差了一歲吧。」

「我可是永遠的十八歲。」

「這種時候就別用這老梗了，何況這樣妳就更不該叫我『小子』了……算了，無所謂啦。」我搔搔頭。「我想，可能是因為終於找到了值得自己奮戰、守護的事物了吧。」

琴羽彷彿早就知道般，左手摸上右手淺灰色的手套。

「終於能有**值得自己守護**的事物……嗎。」

她的表情，表現出了少見的惆悵。

「能有值得自己守護的事物，是件幸福的事吧？」

也許，她想說更多別的、更**直接**的話語吧。

但身為一路奮戰、情同家人的夥伴，琴羽大概說不出口。

抑或以上的猜想，只是我的自作多情。

我平靜地回答：「是啊。因為那是活下去最大的動力。」

在世界末日之後，活下去的動力。

能夠在這樣的荒蕪中存活的我們，不再奢求更多。

沉默的空氣與腳步聲相互敲打著默契，過了半晌，她才大力吸進了一口傍晚的涼爽，重新開口：

「那麼，你就應該更專心於自己想守護的事物了，『大英雄』。」

我噗哧一笑，沒想到這種字眼會從她嘴中說出來。「妳就別這樣捧我了，該承擔的任務或妳們要處理的雜事，我還是會幫忙的。都認識這麼多年了。」

「…………謝謝你。」

走得很近的她撩起垂落的頭髮，眼中似乎透出一點藏不住的落寞。

但還是再度展露了包容的微笑。

「不──過──剛剛都說了吧。你打架、我打雜。但我們依舊是時時刻刻並肩作戰的夥伴啊，」琴羽拍了拍我的背。「而且，那個，你還有小紗兒要天天照顧吧？這應該就夠你忙的了。」

我攤攤雙手。「好啦，知道了知道了。宿舍到囉。」

晚霞的輝映之下，可以見到成群的飛鳥閃過湖畔，水波在晚冬的風中晃動著夕陽。冬雪似乎還沒完全融蝕，蘆葦晃著輕飄飄的花穗，在湖邊點綴著一絲黃褐色的倦意。

河口湖的絕美景致下，我們終於晃到了分組宿舍門口。

「你開門吧。」

「誰開門沒有差吧……」不就是輸入個密碼而已嗎？

雖然如此心想著，但我還是服從地把手伸向密碼鎖……

鎖還沒按開。

門板內側傳來十分沉悶、「咚」的重物落地聲。

我納悶地看向琴羽，她也不解地看著我。下一秒，我們像是理解了什麼似地雙雙睜大了眼──

我急忙輸入剩下的密碼、琴羽沒等門鎖的卡榫退固完成，硬掰開了個門縫闖了進去，我也隨著防爆門迅速滑開而跟在她身後。

眼前是一名倒臥地板的少女。

「──紗兒！」

我焦急地把她扶起來，小小的身軀十分脫力地吐著氣，顫抖著。

（好燙的身體……）

「……亞……亞克，嗎……」

「清醒點！身體怎麼了嗎？」

「好熱……感覺有什麼……」

紗兒微瞇著眼，似乎難以繼續開口，再度回到了快速喘氣的不妙狀態。

（體溫跟心跳數都太高了！）

在這段期間，琴羽忙著去開燈、順手倒了一杯水遞到我們一旁。

「小紗兒怎麼了？」

「她……我不太確定，」瞞不住自己焦急的情緒。「跟平時好像又不太一樣，她的樣子很不對……勁……？」

在高溫與痛苦的喘息外，有另一個**東西**吸引了我的注意力。

琴羽也注意到了紗兒不正常的呼吸。「那馬上帶她去醫護……」

「不，」我打斷琴羽。「白石現在在她的實驗室嗎？」

「欸？在……在，她剛剛會議完就說要直接回實驗室。」

「那把紗兒帶去實驗室那邊。」

「咦，等等，為什麼？」見到我忽然冷靜無比，換琴羽焦急了起來。「先治療要緊……難道說!?」

我點點頭。「她那邊也有一些基本的藥品，要做普通的發燒或流感治療不成問題。」我抓出手帕拂去紗兒額頭的汗水。「但恐怕有醫護室也無法理解的『症狀』……會很棘手。」

「……好吧，聽你的。我去拿毛巾來墊著。」

「麻煩了。」

我將目光轉回紗兒瘦弱的臉龐，原本美麗的銀白細髮，此時因濕汗黏在了耳際與發紅的側臉。

她虛弱求助的眼神也轉向了我。

半閉的眼皮下，水藍色的眼眸——

散發出的**光・芒・**可以說是到了刺眼的地步。

††

「……所以，就把她帶來我這了？」

我簡短地陳述了紗兒的「狀況」，而白石櫻也沒多問，馬上在做完應急的退燒處理後，用各種電子儀器掃描全身。

「嗯，我覺得這種狀態除非戰鬥中，不然不要被外人看見比較好。」

「正確的判斷呢。」白石櫻啜了一口手中的咖啡，順手滑著監控螢幕。「確實或許有些什麼，在紗兒小姐的體內。而這不是能公布的東西。」

「不能**公布**？」

「再讓更多人知道，你們的立場，會變很危險。」

我與身後的琴羽都隱約聽中了白石櫻想表達的，尤其聽到立場一詞，更加關切於現狀派別分野的琴羽，不禁皺了皺眉——而她也隨後繼續陳述：

「而且不只是立場，紗兒小姐的『異能』，可能，**只是可能**，其力量也變得相當危險。」

「『異能』……進・化・了，是吧。」

「你沒猜錯。」

之前聽她說過，這種機率微乎其微。不過以紗兒的身分來說，既是人工智慧移植於人類肉身的「人造人」、又是持有「異能」的少女……如果跟相關聯的事物或生命體碰觸，是會有意想不到的反應的。

而這點，我真該在紗兒與「九尾狐」接觸時就料到。

在她們能夠「心意相通」的當下。

於神話的巨獸自我引爆的瞬間。

機率低歸低，但，如果真的是我所想的那樣……

白石櫻道出了我心中的預想：

「這裡所謂的進化，是指，有部分不屬於她的力量，跑到她身上了。」

「也就是說，紗兒身上有一部分殘留著『九尾狐』的記憶是嗎？」

「這就是我接下來，想確認的東西。」

仰賴現代科學儀器終究有極限。這些不會說話的機器只能看出表面上的異常與疾病徵狀，但如果想檢測只有「更古老的技術」能夠**看見**的東西，也只有一個辦法了。

白石櫻伸出右手，輕輕浮在紗兒緩緩起伏的胸口之上。此時白髮的少女閉著雙眼，大概是已經累壞睡著了，但起碼十分安穩地呼吸著。

室內的人工照明黯淡了下來。

沒有刺眼的光線。沒有強烈的暴風。

一瓣粉柔的櫻花飄飄然地覆蓋於「異能」操作者纖細的手背。

隨後，以那如同虛幻之物的花瓣為中心，散開了陣陣粉紅色的漣漪，一次又一次溫和地掃過紗兒的身體。

「這是……！」

白石櫻罕見地持有「櫻」與「幻」兩種異能。雖然不方便用於戰鬥，但卻隱藏著更多我所無法理解的特質。

那是現代科學無法解釋的特質。

僅僅知道，當她「認真」起來，周圍會有大量櫻色幻影飛舞灑落。

然而現在展現眼前、實驗室一角的景象，卻是如此溫柔。

如此輕盈不暴力。

光的漣漪彷彿淡色的保暖衣裳，紗兒的表情也變得平靜許多。白石櫻持續專注於「異能」的操作，直到光輝漸漸退散、被奪去的照明重新回到熾白的日光燈上，她才收手拂去額頭的一滴汗水。

「我的『異能』的另一面，也就是『幻』，具有**看穿事物**的，本質。跟你們補充一下。」

我還沉浸於方才的餘韻中。「那結果……如何？」

「亞克，紗兒小姐的，部分靈魂，是從那個『希萊絲』身上抽取的，這點你明白吧？」

「這點我知道。」

「那，你知道……」白石櫻繼續反問。「『九尾狐』，也具有從**她**抽取而來的，部分人格嗎？」

「九……！她、她也是嗎!?妳是說紗兒和『九尾狐』……共享同樣的人工智慧原型？」

雖然用**這種方式**稱呼紗兒不妥當，但為了方便理解，我還是硬問了出來。

「正確來說，是都被放進了相似的，人格記憶，也就是『異能』本‧體‧的相似度，是相當高的。」

欸不是小姐妳有偷放什麼妳真的要先講。

「順帶一提，這，不是我放的。」白石櫻無辜舉起雙手。

（噢好吧。）

我無言地心想著。仔細思考，她再怎麼賭性堅強，應該也不至於這麼做。但這女人再做出什麼事，說實在我也不會感到驚訝了。

「不過，不是櫻的作為的話，會是誰做出這種事的呢？」

似乎連知曉多數「希萊絲計畫」實驗祕密的琴羽，都沒有聽過這檔事。

沒有特殊的情緒，白石櫻淡淡答道：

「研究主席。你們那邊的。」

ＡＩ人工智慧軸心系統研究主席。在「大災變」前夕潛逃美國、甚至可能是造成一切悲劇的元凶。那個男人——

「萊修，那個混帳傢伙嗎……」

雖然還在ＳＣＲＡ局內闖蕩的時期，就知曉了這號人物的存在。畢竟掛著「世界ＡＩ研究領頭羊」的頭銜、又是個技術高超的偏執科學家，想不注意他都難。

但是，也因為這個人的想法通常實在是過於癲狂，常常引起陳局長的不滿。
我甚至曾多次被命令去掌握萊修的行蹤，以免滋事。
甚至只要情況不對，得暗地**誅殺**這個男人。
如今，他竟然幹出了這檔事——姑且不論對紗兒進行人體實驗是ＳＣＲＡ全體隱瞞祕密的責任，這種將危險度極高的人工智慧再三轉移分離、並濫用至其他具有強烈個體意識的ＡＩ無人機上，造成不穩定源頭增加的行為……
甚至可以說，讓紗兒過了不安而殘忍幼年生活的罪魁禍首……
我忍不住攢緊了拳頭。
「現在，你們知道了。紗兒小姐和『九尾狐』，是共享相似意識的，兩個個體。只不過因為，紗兒小姐身為人類，比較能體現同樣以『人』的姿態而居的，希萊絲的意識與能力……」白石櫻抓起剛剛喝到一半的馬克杯。「相反地，『九尾狐』雖然也已經是自我意識相當高的一類，但終究無法達到，如人類一樣，完全顯露個性、與記憶的程度。」
「所以她雖曾身為殘暴的武裝ＡＩ無人機，但其實除了不會說話，還是能表現出人類一般的情感、行為……這也是為什麼妳，當初會要我們『睜大眼好好看著她』的原因，是吧？」
「唔……嘛，差不多。」一邊抱怨著咖啡「都被放到涼了啦」，一向淡然的她簡短回道。

我輕輕呼出一口氣。至少現在知道了更多的情報，可以更了解才剛和紗兒「見到面」的這個新能力深層的牽連。也更能解釋為何當初紗兒會與「九尾狐」有所感應、能夠相處得那麼融洽。

冥冥之中，回憶的光流，自有其對於未來的安排。

（看來當時「九尾狐」會找上我們，似乎也不是偶然呢……）

同時，更加確信了。

在希萊絲之後、更遠的未來，所需面對的目標。

以及**斬除**的對象。

「不過，小紗兒所獲得的這個『異能』，立場的危險我懂，畢竟保守派一直都在僵持於她是有研究價值的資產這件事上。如果真的有什麼『身體』上的進展……我並不是說發育的部分，你不要用那種眼神看我。」琴羽無奈地瞪了我一眼，繼續講下去。「如果真的有所謂『進化』，那他們一定巴不得想篡奪權勢並——這麼講有點失禮——作為人體實驗用途而利用。」

她隨後以手指貼著太陽穴輕揉。「但原來『異能』對使用者來說，也是很危險的嗎？」

「琴羽妳，可能比較不了解。」

白石櫻替我回答。

「像我、亞克以及紗兒小姐，這樣稀少的『異能者』，確實，以現代人的視角，能夠操縱強大的能力獲取情報或，作戰。不過當然，這樣的能力，是有機率**反噬**自身的。尤其她這種，還在牙牙學語的，初心者。我想，亞克應該也體會過，這樣的潛在風險。」

我點點頭。好一陣子前的那天夜晚，紗兒弱不禁風、將被「異能」的電光反過來吞噬的模樣，還記憶猶新。

「因此在紗兒小姐的『異能』，又更進一步演化了的，當下，為了避免，『異能』能量純粹的暴走，希望兩位知情者，隨時關注她的狀況。直到她能完全掌握『異能』為止，都是可能會害到身邊他人的，風險期。」

——無法排除，紗兒隨時會因無法控制而內心**暴走**。

我不禁打了個寒顫。畢竟連我自己都還不能好好使出「異能」了，目前為止都還是得仰賴使用一般槍枝、兵器的技巧……那已經能對召喚出小白狐的幻影駕輕就熟的紗兒，依舊有這樣無・法・控・制・的風險……

「這下子，不得不重視更多的協調訓練了吧。」

「是啊，都知道了有如此的風險存在。」

「可是這樣的話……」

我沒能聽清楚白石櫻那句悄聲的自言自語，不過我的腦海中，也正飄過許多對於將來的打算，還有——如何保護紗兒的方法。

以至於沒有多理會她那或許更加跳脫的思維。

我們三人都沉默於自己的思緒世界時，琴羽首先清了清喉嚨：

「所以說起來，那個檢測的**明確結論**，是什麼？」

白石櫻緩慢地轉過頭，手中拎著馬克杯。

「……」

「……」

「……」

「妳忘了？」

「我沒忘。」

「櫻……妳原本是忘記要說這重要的事了吧。」

「咖啡，挺好喝的。」

「紗兒知道被這樣對待，會很傷心的喔。」

我補刀一句。

白石櫻這才有那麼一點點紅著臉，一口飲盡了不再溫熱的咖啡後，終於回答了剛剛以「異能」檢測的結果。

「就不說得太複雜了。」她回復了冷靜的口吻。

「紗兒小姐她，繼承了『九尾狐』的零碎記憶，以及——」

她隨後脫口的結論，和我心中的料想以及**擔憂**，完整地重疊了起來。

一個沒人發現的身影悄悄沒入門廊的陰影中。

在最後短暫的二次檢查後，我揹著半路上「完全清醒」、比起幾小時前精神狀態好得莫名其妙的紗兒，和琴羽同行步回宿舍。

††

「放——我——下來啦，亞克！」

貧弱、溫柔而可愛的少女，正在我背上鬧騰。

「啊哈哈哈，才剛大病初癒的病人說什麼話呢，老實待著別亂動。」

「這、這樣被看見的話，很……很羞恥的啦！琴羽姊，幫我勸勸……」

琴羽迅速別過頭。「紗……小紗兒，人家是怕妳還站不穩，為妳好哦。」

（這傢伙大概是在忍笑吧……）

平時高冷的大姊姊，就這種時候特別愛捉弄人。我抱著無奈的情緒，一邊死死扣住紗兒的小腿不讓他有機會來個後空翻直接跳船。

「唔……你們兩個都欺負我年紀小……壞人！」

「長大後妳就會懷念被揹著的感覺了。」

想想小時候，每次被老爸揹在肩上那種高高飛起的暢快感。只不過那時我不會**像現在某人一樣**一直「咚咚咚」小力捶著前面的人的頭。

不過一方面是想逗弄她，一方面，也是怕她的身體依然虛弱的事實。

方才離去前，白石櫻也提醒我們隔幾天要再把紗兒帶回去檢查一番。不知道是出於溫馨的好意、還是想貫徹身為科學家的研究精神。

總之，經過了幾天的奔波勞累……

「這一回總能好好休息了吧。」

「大家都累了吧……趕快把門開一開，我想在晚飯前躺床一下。」再次回到熟悉的門口，琴羽打著哈欠催促著。

我放下還有點氣噗噗的紗兒，輸入早已記熟的密碼。門板滑開、暖風竄出與室外的月夜完全不同的空間。迎接我們的，是明亮溫暖的木質休憩處，還有似曾相識的、某人飛撲的場景……

當然是立刻被我取得距離優勢的手臂按住，免得這野犬繼續靠近紗兒了。

「席奈啊，總是這樣衝出來真的很像條小狗耶你……」

「啊！論生肖我是屬兔的哦。」

「沒有問你這種事……」而且狗跟兔子沒關係。

「不過紗兒醬很可愛所以想抱抱看！」

我死命保護著苦笑的當事人。「也沒叫你做這種事！」

「琴羽姊、亞克、紗兒，歡、歡迎回來。」

小雪聞聲後，從床鋪後探出了頭。

雖然又是「意料之中」的驚喜，但終於回到了宿舍。席奈也在琴羽的抬腳威脅下，默默收起了狂野的行徑。

東京戰事告一段落。

紗兒有驚無險的意外也沒有留下後遺症。

接下來幾天內沒有訓練安排、也不會有戰役需要擔憂——在技術人員十分迅速的修復「櫻座」的電子結界後，我們迎來了首度、真正意義的「休假」。

雖然不是結束。

但在訣別那場大災變後的五年，能有這樣的成果與安祥……

實屬奢侈的幸運。

整間宿舍最有精神的大概就剩睡了很久的紗兒，其他在大白天忙碌不停的「大人」們，全都想在餓肚子前趕緊偷睡個幾十分鐘。雖然歷經了頗受眼神折騰的會議報告，我還是陪著她到床鋪坐下。

陽臺外的弦月已悄然升起。

「還在生氣嗎？」

「……不會啦，我鬧著玩的。」紗兒輕輕一笑，但隨又嘟起了嘴。「雖然亞克總是把我當小孩子，不喜歡。」

「等妳法定年齡滿十八，再來跟我說不是小孩子吧。」

「唔……還要好久。」她嘆了口氣接受。

但紗兒畢竟是「人造人」，能不能用正常年齡估算也不得而知就是了。

我默默心想著，讓寧靜擁抱這一刻的空氣。

「……亞克，可以聊聊天嗎？」

我苦笑。「不讓我睡一下嗎？」

「等等吃完晚餐想睡多久都可以嘛。」她執著答道。「從那個……祭典嗎？嗯，祭典以來，就沒有好好說過話了。」

「好吧，就陪妳一下。」

彷彿回到了一個多月前，那個月光灑下的夜晚。

那時候，面前纖細的女孩，對於自己的身世感到存疑。她落下了兩行豆大的淚珠、異色的電光反映了主人不安的心靈而差點不受控制。

——只是想普通地活下去，是她那時覺得難以實現的心願。

現在的紗兒，還這麼想嗎？

我給紗兒充足的時間，而她也似乎終於想好了想談的話題：

「亞克，我後來，想了很多。」

她捲弄著繫在頸邊的黃絲帶，繼續說著：「你那時候跟我說了，我就是我，這點不會改變。但是要怎樣才能成為、或是接受現在的『自己』呢？我……在你們的說法上，不是完完全全的『人類』，這點，其實我也知道了。而大家也都對我很好、不會排斥我，我真的很感激。但是心裡……」

紗兒看著自己的雙手，我耐心等待著她的下一句。

等待這個終於開始學會表達「真實想法」的少女。

「還是會有一些……疙瘩。啊，這個字是這樣用的嗎？」

「看來我以前語文課沒有教錯呢。」我聳肩。

「那就好，」微笑寫上臉龐。「反正心裡還是會……有點在意、有點難受。因為我的內心是被別人所植入的、因為我自己……早就已經不是最原本的自己。我甚至不知道自己被生下來時，取的名字。所以在意。」

「不過現在正跟我說話的妳，不就是『紗兒』最真誠的情感與自我嗎？」

「嗯，這個我懂。所以我想變得更強。」

方才一直低著頭的她，轉過來雙眼直視著我。

——想要變強。一句通常十分輕浮、容易而不負責任的話語，在紗兒的口中，彷彿千思萬緒後才好不容易能脫口而出的意志。

而她現在碧藍的瞳孔透出清晰的堅定。

「想要……讓自己的心智堅強一些、讓戰鬥的技巧也再強一些，總、總之，變得更強一點啦。然後像你說的，跟你一起……好好地活下去。」

——活下去。

寒風刺骨。

夢中的回憶倏忽即逝。

「這樣啊……」對於這樣誠摯的決定，我輕聲認同。「既然妳都這麼說了，那我也得好好幫妳完成這樣的心願了呢。」

我摸了摸她的頭，任她安心地蹭了上來。

「妳做得很好了。一起加油吧。」

「嗯，我會試試看的。還有，謝謝你，亞克……一直都是。」

她正在學著接納這個「世界」。

那麼，就讓憂愁與不安，暫時在此隨風而逝吧。

「對了，說到祭典，」我突然想起了什麼。「那天其實我有些話沒有跟妳說，應該說，沒有問妳。」

「是什麼？」紗兒歪了歪頭。

我思索了好一會兒。

這句話或許沒有少女「想變強」的心願如此難脫口。但在如今的世界中，依舊是個有些自私的「願景」。

「……在這之後，妳有想做些什麼嗎？」

八年前，又一次的世界大戰爆發；五年前，暴走的人工智慧奪去數以億計的人命；幾個月前，我們失去了故土的最後一塊安居地；幾天前，才好不容易拿下「大災變」以來的首度戰役勝利。

在這樣變動劇烈的歷史中，我真的不敢妄想太多。

但假使——假使**那一天**真能到來……

我跟她一起遙望著沉默聆聽的弦月。

「一直以來，我都相信總有一天，我們可以重新回到我們的家、重新奪回屬於我們的故鄉，然後……重建它。重建這整個世界。」我雙手的指頭互相交握。「而在日本這邊，和第一組的大家、和白石、和支持我們理念的人一起，我看見了以前從不敢想像的『希望』。所以……才想問妳：如果這一切紛爭能夠結束，妳有什麼想做的事嗎？」

不是作為實驗用的人造人。

也不是專注於戰鬥的冷酷獵人。

而是普普通通的「紗兒」。

「我嗎……」聽到我這樣深沉的詢問，她頓了頓。「欸嘿嘿，這還真的不太知道呢……這樣吧，亞克想做什麼，我就跟著做什麼。」

「這答得也太隨興了。」

「真的嘛！我可是年紀輕輕的女孩子，包容一下想像力嘛。」

我靈機一動。「既然這樣的話，去看花如何？」

「……」

空氣突然冷了那麼幾度。

「欸，亞克想做的事情竟然這麼簡單嗎……那現在就去外面看……」

「不是啦！」我懊悔著自己沒有講清楚導致的誤解。「記得之前家裡溫室的那一叢藍薔薇嗎？雖然現在恐怕已經早就枯萎了就是。」

「啊……嗯，記得。」

那是由一朵朵包覆著水色的花瓣，所組成的深藍花群。

而這神祕且孤高的花朵，我曾見過不只一小叢。

雖然在如今的世界，這樣的景色是否還存在，我並不知道。

但「願望」，就是這・樣・的・東・西。

「哪天，等事情都結束之後，我帶妳親眼去看看**花海**吧。」

「花……海？」

「就是開滿到跟半個河口湖一樣大的，整片繽紛花朵之海哦。」

紗兒眼中閃爍色彩，充滿著浪漫的雀躍與期待。她現在大概在想像著，遍布山谷、比大海還蔚藍的整整一片藍薔薇吧。

「想看！」

看見她久違地發自內心的笑容，我也放鬆了不少。

「妳能期待就好。」

無論接下來還要奮鬥多久。

無論最終，我們將面對什麼樣的結果。

「——我一定會**帶妳**去看的。」

如果要讓我在這樣的末世有所謂願望，那我的要求不會太多。

讓她能夠目睹那樣的景色就好。

夜色方長，我和紗兒肩靠肩欣賞著月色。

等到維特終於第一個醒來，把其他人轟起床並逼我請客吃飯時，已經是一小時後的事情了。

††

『陸佐，你確定要這麼做？』

「已經不能再等下去了。**它**的力量過於危險，你不是也聽到了？」

『既然這麼危險，找機會「處理」掉不就好了嗎？』

「不，也不行。」

『……有必要？』

「有。這是決定好的事了。」

『幹出這種事所會招致的後果，您應該都理解吧，陸佐？』

「不用你多說，有什麼問題嗎？」

『這——唉……我會聽你命令的。但是每次都這樣大費周章要去管這麼一個人造人，這次還得出其不意，真的會有結果嗎？何況我們這是擺明了要跟ＳＣＲＡ那群人對著幹。』

「你照辦就是。通行代號的處理準備了吧？」

『準備妥當。也知道屆時會是哪一架來接應我們。』

「那就照著計畫走。這次我們不能讓那個**危險的力量**溜了。」

『我會保證讓逃脫計畫順利進行的，陸佐。』

「複述一遍。」
『先派人包圍那女人的實驗室、抓獲後迷昏並運送到機棚。會有一架編號13的直升機，上去，迅速騙過電子結界的通行代號。假裝墜毀的同時，帶著目標脫離直升機並在更遠的地方降落。』
「很好。記得務必先讓目標失去行動能力，它可能會使用**『那個』**。」
『收到。但是我們如此高調，不會被追擊嗎？』
「機棚會有地面單位掩護，你們只要出了『櫻座』的結界範圍，其他人會難以追蹤。到時候再潛逃到指定地點，等待自己人會合就好。」
『瞭解了。我們會盡力而為，陸佐。』
「盡・力？」
『……我們勢必會讓此行動成功的，陸佐。』
「不許失敗。絕對。不要忘記我們這樣冒風險是為了什麼。」
『我知道的。』
「希望你們成功。我會在遠方支援的。」
『收到……**為了和平。**』
「**為了和平。**」
男人沒再多說，「嘟——」的一聲直接掛斷了電話，從辦公桌前怎麼坐都不舒適的扶手椅起身，看著窗外停機坪立滿地面的飛航器。

「能夠『統御』那些ＡＩ無人機的力量……嗎？」

無從得知他的眼神，不知是身為軍人的堅毅。

還是身為革命者的瘋狂。

這段不為人知的對話後沒幾天，一架未收到飛航許可的直升機快速離地。

並在河口湖的波光上方，化為一團炸裂的火球。

機組全員，被來不及防範的爆炸盡數吞噬。

【第二章】 肅清

——成就自己內心的那個英雄。

父親的耳語，八年後依然迴響於我的過去。

他是希望我成為人人景仰的英雄？

還是希望我，保・護・好・什・麼？

「…………克。」

在電影裡、在和平的世界中，當**英雄**是為了防止後患、為了平息偶然而起的紛爭與亂鬥。

在人類「慘敗」後五年的世界，當英雄又是為了……

「喂，亞克。」

維特拿他慣用的平板敲上我的頭頂，我這才眨了幾眼回過神，宿舍的實木與暖光淡去剛剛一瞬的回想。

「又恍神了啊。」

「抱歉，想事情……你剛剛有說什麼嗎？」

「你——唉，算了算了。我剛剛在問，明天的戰鬥訓練，你要來嗎？ＪＣＣＦ的教官還是希望你多融入這裡小隊的戰鬥方式。」

「這個……我明天要陪紗兒做『異能』的想像練習，下次再說吧。」

我不好意思地推辭。維特也像早已料到，沒多說什麼便繼續埋頭於手中的平板。那塊片刻不離身的板子，似乎能幫他完成幾乎所有的工作。

宿舍裡只有我和他兩人。其他人都有外勤任務，紗兒則是依約去了白石櫻那邊做例行檢查。

「……對了，維特，關於你們的軍階，」我為了轉移話題而問。「你們來這邊也差不多五年了吧？一直是『少校』？」

「你是想問為什麼你人生地不熟，才剛來就推列『中校』、我們幾個除了琴羽卻都只有少校以下嗎？」

我誠實地點點頭。

「……你這話題開得真糟。」

「真的十分抱歉維特老大但請你回答我謝謝你。」我一口氣膚淺回完。

輕嘆傳來，虛擬螢幕收闔的平板被推到了一旁。

他捏了捏鼻頭。「先說，我們幾個第一組的你也清楚，對階級這種東西我們從不在意、也不想去在意。畢竟當初在局裡大家都是同一陣線，『軍階』只是在上下通報時、禮儀上需要用到的東西。」他敲了敲胸前的階級章，繼續說道：「尤其別說全球，日臺兩地又已經變成**這個樣子**，更沒人會去多想軍階在舊時代所代表的意義。」

「畢竟特災局夥伴們的關係更像同事……不過我們和日本人這邊算是合作關係，上下階級還是會分清楚吧？」

「會分，但也都只是辦事用的。這你應該也體會過吧？我和小雪只有少校，卻位處中央的指揮階層；白石那個大姊頭也不過只比我們高一階，氣勢卻壓過那些老屁股的將領。」

確實是……女人果然都不是好惹的。

「不過像我雖然是中校，下面那些人卻不怎麼聽我的……」我苦苦自嘆。

「這是『理想面』和『實際面』的問題啊。」半框眼鏡下的瞳孔翻了翻。「身在這個『軍隊』，不分清階級勢必會混亂。」

「但實際上，這也頂多是個東拼西湊的拼裝車，對吧。」

「沒錯。」這傢伙難得附和我。「民兵、自衛隊、臺灣撤過來的國軍、我們特災局的人……軍階制度都不盡相同，經驗資歷也不平均。就算真的統一了上下的『階級』，可是實際上，人類依舊是人類，像你這種新來的……」

「那些自認的『老兵』，根本不想理會我戰役指揮官的身分吧。」

維特彈指同意。「此外你那階級，大概也是陳局長硬推的我猜。」

「外來」的就是菜鳥，被這樣的「新兵」踩在頭上……

當然會有所微詞。

（看來這也是個需要時間去消化的問題啊……）

更何況，在**這種世界**，無人機可不會管你是上尉還是大將軍。格殺勿論。

「總之，」維特繼續拿起了他那塊平板滑著。「慢慢解決吧。再講下去就真的是很煩人的話題了。」

「我想也是。」

——我們連自己的事情都顧不好的話，又怎麼去做拯救世界的大夢呢？

想重建故鄉、想拯救他人、想讓人類文明復甦。

儘管在腦中一直原地打轉很煩人，但我卻依然卡在同一個癥結點。

我不知道，維特有沒有想要「重建」這一切的打算。

我不知道其他人是不是也這麼想。

（但至少現在，我們又能夠為了共同的目標並肩作戰了。）

上午的空氣很清新。甚至能嗅到一點融雪的味道。

「這種情況，還會持續多久呢……」

我又開始自顧自地哀嘆，空氣就這樣沉默了幾秒，維特才以一種早就懶得知道答案、卻又認真的語氣開口：

「亞克，我說啊——」

這次是稍嫌慵懶的瞳孔，但卻毫無顧慮地，刺進我弱小的那一面。

同時，亦是我一直以來都在詢問自己的同一個問題。

「——你真的認為，我們能重建這個世界嗎？」

還來不及想好要怎麼硬掰過去，刺耳的電話鈴響打斷了日間的寧靜。

††

「等等，妳再說一次，紗兒和白石**不見了!?**」

『對。我剛要去實驗室找她們，但她們不在那。更糟的是……我到場時，實驗室內一片狼藉，很亂。感覺被硬闖進去了。』

「什——！犯人呢？」

通話另一邊的琴羽嘆息，但似乎也很著急：『才幾分鐘以前的事情，別指望那麼快就能查出些什麼。聽你的口氣，大概也沒有回過宿舍了。』

「是，她是沒有……」

「亞克！現在最要緊的，是把她們兩個找出來！」

「我、我知道，呼……」

我和維特奔走在大樓間的長廊上，和擦身而過的人們相比，我們兩個爆汗穿梭於走道的模樣想必很異常。

畢竟他們還不知道出了什麼事。

「琴羽！麻煩妳繼續調查，我和維特會到處找找看。」

『收到。這件事我已經馬上通報陳局長了，我也會繼續在現場附近調查。』

「小雪她們呢？」

『情報也給了，分析中。』琴羽嘖了一聲，『但無論是誰**綁架**了她們，人都沒有好到給我們留下多少證據，除了櫻和紗兒可能反抗外，手法太俐落了。』

我抿了抿脣，汗水的鹹味使我分心。不安感揮之不去。

「恐怕事先預謀已久了吧。」維特接著我內心的想法而說。

「只能暫時仰賴小雪的情勢分析了……」

紗兒，或是說我們這些「保護紗兒的人」被盯上，已經不是一兩天的事。

幾個月前在陳局長辦公室的爭執、東京作戰時的不協調感、白石櫻先前會議上的警告……就算同樣身為人類、同樣待在這樣的戰線中，還是有不少人暗中覬覦著紗兒身上所擁有的「特殊」、視其為研究用的「資產」。

也因此我們多少有所戒備。

卻沒想過「他們」——**保守派**會如此大膽。

「在光天化日之下的綁架嗎……！」

「不過沒想到啊，有那個白石在，卻依然發生這種事了。」

我搖了搖頭。「白石自己也說過，她的『異能』不是戰鬥專用的……雖然不想這麼說，但假使她們是被人拿槍指著腦袋，要全身而退應該也很困難……」

——以她的力量與臨機應變能力，會很困難嗎？

反駁之餘，我又不禁留下這個疑問。

差點又撞到一個路過的士兵，我快速道歉，繼續彎過下一個轉角。空軍停機坪在眼角展開，視野良好的天橋之外，是一片空曠的日照。

老實說現在的情況，我們根本就像無頭蒼蠅般亂找。

無從釋放的心急使我更加慌亂，煞住了腳步在天橋上左顧右盼。

「呼，有夠累……冷靜點亞克，人就算被抓走，也無法在不被人偵察到的情況下，跑出這城市的結界的。」

「該死！」我一拳敲上窗框。「不，抱歉，我知道……我知道。」

這種事早晚都會發生。

然而事情發生得也太過唐突、太過……大膽。

『亞克！小雪的情勢分析出來了！』

（不愧是號稱活量子電腦的天才，還是跟以往一樣快！）

我一邊聽著琴羽刻不容緩的回報，眼角餘光注意到了停機坪閃過來的一縷異樣反光——

『我們剛剛調閱了基地內的所有監視器與人們的行蹤，發現了一批模式特別異常的自衛隊士官們的行動。』

我看見幾個身著墨綠色軍服的士兵，壓低了帽簷出現在底下的門口。

『小雪對比了基地今天所有的排班與巡邏任務，他們的行動方向，並非任何預定的崗位或任務需求——』

那些人通過門口後，迅速往空地中的其中一架直升機靠攏。

『同時，這群被觀察到的人，帶著大小非比尋常的軍用彈藥箱……』

扛著厚重的鐵箱，墨綠軍服的人們急迫地移動著。

『……那彈藥箱的大小，差不多——差不多可以裝進兩個人，亞克！』

和我看著同樣異狀的維特大喊：「喂，那不就是——！」

身體比思考還要先動了起來。

我將眼前礙事的窗戶推開，遠處那群可疑的士兵依然搬運著碩大的「彈藥箱」，不遠處的直升機也出現了一小隊人馬，似乎在等待接應。

「等一下，亞——」

沒讓維特阻止，我已經鎖定了正下方一輛停放的帆布軍卡，一躍而下。「砰」的重音隨著身體而落，作為立足點的軍用卡車搖擺著車身。雖然帆布多少緩減了下墜的衝擊，但裡頭的鐵製橫梁依舊使我用來受身的臂膀哀嚎著。

然而已經沒有時間了。

「琴羽，呼叫基地的管制單位，把停機坪封鎖住！」

『在做了！』

我側翻落地，在腳尖觸地的瞬間向前猛力加速。「異能」的細微光流帶動著奔馳的步伐，拉近我和那群士兵間的距離。暫時的身體強化讓我一口氣越過了二十公尺的無人空地。眼前那些意圖不善的傢伙，也已經有人注意到了這邊的動靜，並慌慌張張地加快了搬運速度。

但同時，彈藥箱突然大力晃動，使得其中一個士兵腳步不穩，踉蹌摔倒在地——我甚至隱約能聽到裡面傳來的呼救聲。

「紗兒……！」

看來情報是正確的。

下一刻，這些人已經被我從「不可冒犯」的名單內剔除了。

「前面的自衛官，給我停下來！！」

持續衝刺的同時，我的視野捕捉到了更後方、看來是幫忙掩護與接應他們的士兵，朝我這邊舉起了步槍。

毫無猶豫。

直直地將數個槍口對著我的身軀。

「你們敢……竟敢拿槍指著我!?」

「請你現在停下來，亞克中校，否則我們會開火的！」

其中一名軍官提著擴音器理直氣壯地喊過來。

「這——是——我要說的！我命令你們馬上停下……」

『噗咻。』

平靜，不帶情感，消音器過濾的射擊。

一發9毫米子彈擦過我的臉頰。

我因疼痛而緊急煞住了步伐，撲倒在地。當我撐起身體並摸著彷彿遭到烈火燒灼的臉頰時，指尖上沾著點點鮮血。那群持槍士兵的後方，一名明顯階級較高的自衛官，掌中的手槍槍口冒著煙。

（他……對我開槍了……？）

上次被這樣宣示死亡的炮火威脅，是多久以前？

東京的作戰？還在臺灣的時候？

不，這些都不重要。重點是對象。

眼前的人類朝**・自・己・**開・了・槍。而且還不是警告射擊。

『亞克？亞克，停機坪那些人已經確認是綁架了櫻和紗兒的人！我們馬上就到，現在狀況如何！』

我靜默不語。

僅有膨脹的怒火代替無聲的吸氣。

怒氣已然累積到直衝腦門，我閉上眼，**冷靜**地要求支援：

「……琴羽、維特，繼續封鎖整個區域。」

已開始從天橋趕往這邊的維特傳訊：『那你呢？』

「————我去追擊這些混帳。」

睜開燒得火紅的雙眼，有別於「冷靜」一詞的發狂紅瞳再次將目標鎖定於墨綠色軍服的敵人身上。利用方才逼退我的幾秒鐘，他們已經重新穩住腳，並將也許擄走了白石櫻與紗兒的大箱子扛進直升機。

我藉著「異能」推進的力道，踩踏迸裂的水泥地，飛身做高速的衝刺。然而剛才那致命的空檔——那令人不敢想像的「回應」，已經給了他們足夠的時間，整批人馬上了直升機並開始離地。

我同樣拔出腰際的手槍。「給我滾下來！！！」

「噠噠噠噠」的槍響貫通停機坪的空地，在我行進的路徑上打出一個又一個難看的小洞。我沒有神奇到看得見接近三倍音速的彈道，但至少有經驗能夠閃避一致的射擊。

不懷好意的凶彈一個接一個打穿空氣，我敏捷地閃身、低頭，不讓自己的動作維持容易預測的直線。

「哼，看來不演了是吧！」

閃避，槍聲，閃躲，槍響。

射擊持續不斷，我被迫翻滾至另一臺軍用卡車的背後，任由一秒前站立的地面與軍卡的窗戶被打成碎片。

直升機的旋翼猛然轉動，抬升著巨大的黑鳥，向烏雲變色的上空逃脫。

我趁著槍聲暫歇的空檔舉槍還擊，然而。「對手是人類」這樣的猶豫使得我反應慢了一拍。在我所打出的兩槍毫無懸念的落空後，槍林彈雨再次朝我這邊灑下，壓制得我沒有絲毫喘息的空間。

儘管基本上是刻意瞄著被我作為掩體的軍卡打，他們可能也不是真的想**殺人**。

但這已經踩到了五年後的這個世界中，不可碰觸的底線了。

「你們……你們這該死的傢伙！」

下一個換彈的空檔。

身邊的左輪總是只有六發，留在地面上斷後的敵人有五個。

——足夠。

我重新轉動左輪的彈倉，側身滑步，衝出被打成蜂窩的軍卡背後。正如我的預判，這些人的子彈在統一的壓制齊射後全數打空，正慌亂地換上下一批彈匣。我切換著自己移動路徑的同時舉槍，眼神如銳利的老鷹，將「獵物」全部納入了眼簾，在接下來的三秒之內，開槍。

五聲沉重的槍響，五聲倒地的癱軟聲音。

沒空去確認他們是不是還活著——反正打的都是大腿的非致命處——我轉眼來到了直升機造成的氣流之中。再次舉起加長槍管的左輪，高高地，瞄準著愈飛愈遠的直升機。

然而我的手指，沒辦法扣動這一槍的扳機。

一個白髮少女被架在高空晃動的機體艙口，看起來是被麻醉了。她的身體並沒有掙扎，但依然顯露出痛苦的神色。而在她的旁邊，一名男子自衛官拿槍抵著少女的太陽穴。

紗兒陷入沉睡的臉龐，寫滿了恐懼。

「可惡……」

可惡的是，在地面上的我只有咬牙切齒的份。

在這明目張膽的威嚇下，我無法開槍攻擊。萬一傷到紗兒、或是讓他傷到紗兒，甚至不小心使得直升機墜毀的話……

白石櫻和紗兒都可能會因此喪命。

尚未轉換心情的冬風，吹著白天不該有的凜冽。

說到底——

他們到底哪來的膽子，直接綁走兩個對眼下的狀況而言如此重要的人物？

就在我懊惱如何化解這荒唐的局面時，原本緊閉雙眼的紗兒醒了過來，對自己所處的環境遲疑幾秒後，馬上開始驚慌地掙扎。

突如其來的掙扎似乎也嚇到了把她當人質的自衛官，但他馬上以槍托敲上紗兒的後腦杓，無力掙脫的少女再度被剝奪了行動力。這粗暴的舉動，讓我巴不得直接拿一發火箭炮灌進他的眼珠裡。

就在我有能力實現這同樣粗暴的想法前，紗兒身上流動的藍色電光，遠遠地映入眼簾。無視已經意識半離的身體，某種「力量」正自顧自地運作著。

那是「異能」發動的前兆。

「該不會……等等，不要那麼做！」

我的嗓門是否有大到能夠蓋過旋翼拍動的巨大噪音、傳達到已經離地快五十公尺的直升機上，我不清楚。但我知道，這無論如何都必須阻止——這將可能演變成的最糟局面。

應該是感測到了主人的危險，又或是——紗兒現在極度恐懼的心情，讓潛意識無意間，發動了「異能」。

熾熱、明亮而一發不可收拾的電光，從細細的跳動逐漸轉變為狂暴的烈風，向外擴散的波紋，將直升機周遭染成比天空還要純粹的幻藍。暴走的「異能」，已然快要無法阻止。

我朝天大吼：「紗兒！快醒來！！讓妳的能力停下來，不然……」

不然妳也會死的——！

頭一次，我如此痛恨自己沒有翅膀或噴射背包。

只有離不開地面的雙腳。

「紗兒——！！快停下來——！！！」

主人不甦醒的情況下，根本無法操控那股力量。尤其紗兒的內在又剛經歷了重要的轉變，還沒有熟悉自己新的「記憶」……

我想起了紗兒病倒那天，白石櫻所說的話。

——「紗兒小姐她，繼承了『九尾狐』的零碎記憶，以及……部分**統御AI無人機的能力。**」

那些保守派覬覦的，就是這個能力嗎？

我無助地看著藍色電波不受控地擴大，吃掉了空氣、吞進了光線，彷彿慢動作電影般扭曲了時間感。整架直升機沒過多久，就被包覆在劇烈的光球中。

我停下沒用的吼叫，變成顫抖的輕語。

「紗兒……拜託，停下來……」

「異能」並沒有聽懂停・下・的涵義。

「白石……請妳醒過來幫幫她，快點……！」

你「又」要再一次失去她了嗎？

這句話宛如夢魘，一次又一次迴盪我的腦海。

再一次失去你無法拯救的她？

我已經絕望到不知道自己在喃喃些什麼。

狀況不明的白石櫻、來不及趕到的夥伴們、這個世界、紗兒……沒有東西能夠回應我的絕望。

只有在剎那間炸裂的火球，回應了我睜大的眼眸。

藍色的光紋突然收束，並在電光石火之間砰然炸裂。直升機被橘紅的爆炸吞噬殆盡，從機鼻到尾翼直到油箱爆裂所颳起的暴風，藍與紅交染出了無情的爆炸雲。

在吞噬機體的同時，也吞噬了所有的機組員。

我怔怔地望著這一幕。

我不知道我就這麼跪倒在地，望著開始掉落的機體殘骸多久。

也許只有數秒。

因為就在我視野模糊而眨眼的下一刻，不同於方才烈火的粉櫻色光輝像是包覆著什麼，從上空驚天動地的爆炸中，緩緩浮現而出。無數如幻似夢的櫻花瓣交織飛舞圍成球狀，彷彿爆炸只是個玩笑般，輕巧地落地。

我看著與現在「絕望」情境格格不入的粉紅球體，斷線的大腦好不容易才重接上線。

「白石……白石，是妳嗎？」

「要不然是誰？」

球體中傳出了令人安心的聲線，「嘩」的群響，被解散的花瓣光影中，走出了一個人影——以及另一個被抱著的身影。

白石櫻輕輕微笑，雙手抱著紗兒出現在消逝的櫻花幻影前。

此時的紗兒正半閉著眼，安穩地呼吸著。

「放心，能量只有短暫暴走，沒有傷到內在。她只是，暫時有點累而已，不會有後遺症。」

「太好了……」我忍住差點奪眶而出的淚水。「但……妳應該可以早點保護她的，而不是在綁走妳們的罪魁禍首都被……唉，炸成灰之後。」

對於那幫人的怒氣當然還未消除。只是，這樣輕易的死亡或結果，並不是我——並不會是任何人都預期的。

想不到白石櫻卻露出了更神祕的笑容。

有如散不去的虛幻晚風。

「抱歉，我是真的，比較晚才勉強醒來。但是……呼，事情搞這麼大，也許是有點『**超過**』了呢。」

「超過……？」

「對此，我真的很抱歉，但現在恐怕不是，閒話家常的時間呢。」

她小心地把紗兒放下來換我接手，我看著懷中靜靜沉睡的她，心中也踏實了些……至少她沒有因為那個爆炸而就此凋零。

現在的問題，是我們全體即將面對與處理的「真相」。

就在我們對話的期間，第一組的其他人，以及因為爆炸而被驚動離開建築的人們，紛紛趕到以直升機燃燒殘骸映照的火紅現場。

這之中，包括了從觀望的人群中，坐輪椅出現的陳局長。

陳局長推動輪椅來到我和白石櫻面前。但她只輕輕朝我瞟了一眼，便尖銳地瞪視著兩手插入實驗袍口袋的白石櫻身上。

這兩人的關係是階級區分，還是夥伴或宿敵、抑或更深層、更難以明述的來往，我迄今還抱持著未知數。

現在，我只知道。

她們或許常常互相隱瞞著什麼。

眾目睽睽之下，陳局長開口了：

「我想妳最好有一個能說服我的解•釋•理•由，白石櫻二等陸佐。」

††

「我們也許都想得，太簡單了。」

不經允許無法進入的密室中，人們表情嚴肅地圍坐。

「一開始，保守派的目的，僅是消極的避戰，進而達到維持現狀、苟且偷安的姑息。但是在亞克和紗兒小姐，造訪這個基地後，他們就變相轉為，視紗兒小姐為『資產』，只要當作實驗個體，研究，就有機會重新掌控人工智慧技術，回到舊世界那種——以AI無人機為奴僕的，『和平』。」

白石櫻靠著窗臺，繼續娓娓而談：「而我不清楚，他們是怎麼聽到我和亞克、琴羽你們的對話的，但總之，他們似乎知道了，紗兒擁有更強大的奇特力量，於是便急著密謀綁架，想逃出櫻座後，再進行下一步的犯行。只可惜最後無法得逞，落得那幾個直升機上的人，喪命的下場。」

白石櫻攤攤手，眾人都陷入了沉默。

雖然十坪的空間不算太大，但只有第一指揮組的我們五人、陳局長、紗兒，以及白石櫻在場聽取陳述，淡彩粉飾的空間也顯得冷清。

我抓著頭嘆息。「這太瘋狂了。」

「應該是自從東京的作戰之後吧，他們就變本加厲，無論如何都企圖得到小紗兒來執行他們狂妄的計畫。」琴羽聽完這一席話，淡定地表示。

控制ＡＩ無人機、回歸以往的和平。

這聽起來十分美妙，也或許是不需與那些東西交戰的良策。

諷刺的是，現在的這個末世，就是因為「我們過度依賴ＡＩ無人機」而換來的教訓。如今的我們，對已經進•化•失•控•的無人機還不夠瞭解，不存在「相信它們」的選項。

就算真的有如東京的那些ＡＩ無人機一樣，已經不構成威脅的個體存在。

就算——我們真的有「避戰」的渺小可能性。

但妄想奪取技術，重新操控甚至彰顯虛偽的權力……根本重蹈覆轍。

甚至想**利用紗兒**達成目的。

「不過他們現在做不到了，暫時呢。」維特看了看手中的平板。「在我們幾個踏進這裡『小密談』之前，那些朝亞克開槍過的軍官已被逮捕、織田司令也已經下令通緝出城名單上登錄的幾名自衛隊員，幾個不幸跟著直升機陪葬的保守派傢伙，也先被當作是意外殉職……畢竟也審判不了死人吧。」

琴羽接話。「然而這件事情還是驚動了高層，就算司令想壓下這起事件，避免內鬨，但無論是自衛隊本身，還是ＪＣＣＦ、我們特災局，都無法小看這樣顯而易見針對內部要員的『綁架』。」

聽到「綁架」，一旁稍早就清醒的紗兒身體顫了一下。

她依然心有餘悸。

不如說，一直反覆地被針對、出手而遭受打擊……看了使我莫名心酸起來。我沒有保護好她——紗兒不該遭受這樣的對待。

儘管我在這十分不恰當的時間點想起了以前看過的某部漫畫，主角也是天天因為持有重要力量被綁架，搞到整個兵團的人都得犧牲性命去營救他……

但自責感依舊油然而生。

白石櫻可能多少也有自責，彎下腰對紗兒致歉：

「抱歉，紗兒小姐，讓妳經歷這種事情。」

「不不……白石小姐，還讓妳救了我，這不是……」

紗兒的語句斷斷續續。好不容易才準備要從「自己不只是人造人」這樣的陰霾走出來，卻又緊接著遭到暴行對待。這無論是誰，情緒都會變得相當不穩定，更別提她還只是個高中年紀的少女。

我不知道該愧疚還是該憤怒，這讓我重新想起了白石櫻當時的**異樣**。

直截了當地，我問出內心的疑惑：

「……先說，白石，這並不是想責怪妳。但是實驗室——通常應該是不會隨便放外人進來的，每次也都有上鎖。而且以妳的能‧力，應該不會讓這種事情發生。但妳卻同時和紗兒被擄走了。此外，事後還說了句有點『**超過**』了。」

我正視那細長的黃瞳，埋不住隱隱的怒意：

「妳在這起事件中，**扮演什麼角色？**」

「櫻，前情提要完了，跟他們說吧。」

「什麼？」

陳局長像是已經知道了一切，面無表情地指示著。

「那好，」白石櫻提起身，從容地回答。「對於驚動了大家，再次說聲抱歉，但是，紗兒小姐的被綁架——是**必須**的。」

必須……的？

「在保守派，愈來愈猖狂的現狀下，我和陳局長判斷，不能繼續這樣消極主義地放縱他們；同時也知道了，保守派預謀在你們這些戰鬥人員不在場的，時機點，綁架紗兒小姐。所以我就設計了，給他們跳的坑。」

有著粉紅色編髮的她繼續解釋：「當然，其他的時候，有各位的保護在，所以我個人並不擔心，這樣的設局不會奏效。而也的確在，實驗室只有我和紗兒、並且是我故意門戶洞開的情況下，他們闖進來，迷昏了我們，並實施綁架的計畫。不過既然事先知情，那麼，就能防範。我沒有真的被昏迷，只是故意一起被抓，之後再找適當的時機點，用『異能』保護紗兒小姐，脫離拘束，就好。」

我按捺不住：「那為什麼，寧可置妳自己和紗兒於危險之中，甚至——我可是差點就被子彈打中了！為什麼要造成這樣的局面!?」

「因為我們已經沒有空間暫緩問題，而是要**解決問題**。」

陳局長沉穩的嗓音蓋過我的焦躁，坐直了身子看向我。

「亞克，記得我以前常跟你們說的嗎？」

「說的……什麼話？」

「先發制人，後發制於人。」陳局長雙手交叉放於腿上。「這次的事件，並不是對方保守派先動作，而是我們這邊先動作的。光用講的沒有用，我們必須讓這些人受到高層的注目、讓他們實際犯下不可饒恕的行為。也因此，『綁架紗兒』必須『半成功』。在這樣的行為真正被施行後，再使其失敗，並且為了放大事件的嚴重性，要連同櫻一起被作為人質。風險，確實大。但保守派這次的敗筆就在於，他們**並不知道**櫻具備『異能』。」

驚訝之餘，我轉頭看著白石櫻。

「我只在中意的人面前，展示哦。」她悠哉地聳聳肩。

這種時候就別開這種肉麻的玩笑了……

「我相信櫻的本事，能讓紗兒安全回歸。而在高層注意到此事件的同時，即可壓制住保守派的動作，不讓他們有膽再偷偷亂來。雖然恐怕只是暫時的。」

原來一切都是安排好的。

其他人姑且不論，但陳局長與白石櫻已經寫好了這齣戲的劇本。

「所以，剛剛在停機坪，局長叫白石解釋，也是為了掩人耳目？」

「現場人很多，想必有不少保守派藏樹於林，對綁架一事不知情者更多。如果讓所有人都知道了那架直升機是為了什麼而起飛，讓整個基地的人方寸大亂而使保守派有趁隙而入的空間，那就失去了暗中壓制的意義。」

陳局長補了一句：「當時純粹只是需要栽贓一下解釋責任。」

「那紗兒的『異能』會暴走，這件事妳們也知道嗎？」

「這點是我沒有，預料到，真的很抱歉。」白石櫻難得欠身低下了頭。

琴羽、維特、小雪，甚至平時樂天的席奈都陷入了沉思。直到後者跳起來像上課的小孩一樣舉手發問：

「那！應該在白石小姐以及紗兒妹妹被關進，呃，箱子嗎？然後在移動中的時候『鏘鏘』地跑出箱子，就可以了吧？」

陳局長嘆氣。「剛剛也說過了，我們要解決問題。」

「上直升機逃走前，他們想怎麼搪塞都有機會，搞不好說他們不知道彈藥箱裡有

『裝人』這種爛解釋就能過關；然而一旦直升機離地，他們未經同意帶走紗兒與櫻的行為就成了既定事實。」

「欸欸，高層……有這麼笨能被搪塞嗎？」

「不要小看，那些將官劣化的，腦袋。」

「好了，櫻。」陳局長喝斥白石櫻稍嫌無禮的發言。「不過……這並沒有說錯，為了讓計畫百分之百奏效，『綁架』的條件必須被成立。因為我們不只是要暫時壓制他們。砍掉一個頭，兩個就會長出來——我們必須一網打盡。」

計畫，綁架，壓制，曝光「異能」……

挑釁。

「一網打盡……讓他們行蹤暴露嗎？」

陳局長似乎勾起了嘴角。

「沒錯，我們這邊的行為，以及輕鬆的反擊，明顯是在對他們綁架紗兒的計畫挑釁。讓他們知道，我們早已知情、我們早就準備。『你們儘管試試看犯案』，在實際的事件發生後，讓他們失敗、甚至犧牲自己人的小命，才有可能更加地激怒他們，讓他們終有一天暴露身分。而剩下的——」

老練的特災局局長縮緊純黑的瞳孔。

「就是起網捕魚了。」

「陳局長說得沒錯……實質上沒有參與這次事件的保守派並不會被問罪，他們恐怕也不會因為行動失敗而善罷干休，反而會更著急地想對我們斬草除根。」

琴羽從沉思狀態反應過來。「而且搞不好會用更激進的方式。」

仔細想想的話，其實沒錯。

既然我們都知曉保守派的底細了，那這些傢伙一定會想快點做個了結。

「小雪，」陳局長靜靜下令。「之後的情勢分析就交給妳了。」

「啊！是、是的，我盡我所能！」

小雪行了一個大大的九十度禮，她的能力是連陳局長都肯定過的。

而所謂「情勢分析」，大意就是在現今發生這種事情後，開始從大量的情報與線索中，找出最恰當的行動方針、風險最低的「可能性」。

如果可以，必須有百分之百的正確率與執行成功率。

這是小雪內向外表之下的特殊能力。要我做，大概辦不到。

每次事件之後總是有一堆資訊和問題要消化，這總是搞得我十分頭疼。好想無憂無慮地生活……哈，這種想法可能也太奢求了。

不過多少也是釐清了一點我稍早的疑慮。

「但是……」

有一個很嚴重的**問題**。

「怎麼了，亞克，還有什麼不解的嗎？」

「倒不算『疑問』。不如說，是個大『問題』。」

我感覺紗兒緊緊地抓住了我的上臂。聽了這麼多話以後，再怎麼涉世未深，她應該也深怕著某個「問題」發生的可能。

「——人類與人類之間，需要見血嗎？」

沉默。

在場的每個人好歹都是精英，肯定不難理解這一系列的事件、計畫、設局之後，所會發生的事情。

保守派會被激怒。

高層會嚴厲檢視此事。

支持與反對紗兒是人工智慧實驗資產的人們會相互對立。

而我們，將被迫與櫻座黑暗的一面為敵。

確實，為了達成陳局長口中的「徹底解決問題」，我們對於造就這樣「武力對峙」的局面，恐怕沒得選擇、無從延宕。但這可是AI無人機威脅尚在、人們必須團結一致維持陣線的時刻。

就如織田司令一直強調的，內鬨，是現狀下最不需要的產物。

司令官現在一定也在極力避免落得這種情勢。

一向掌握狀況的白石櫻慢慢開口：「亞克，不希望內鬥，是吧。」

「……難道妳期望？」

「老實講，我個人也不期望，這樣的結果。但是無論是真的要，兵戎相見，還是他們能夠，在開打前先投降……」

實驗袍下的身影嘆了口氣。「只能取決於保守派的良知了。」

無法自由填寫的困難選擇題。

就在難以言喻的緊張感瀰漫之時，幾聲叩門聲傳來。

陳局長朝後喊道：「進來。」

「啊……不好意思打擾了，各位。」

門板被輕輕推開，伊藤徹——那名一直對我們照顧有加的自衛隊陸佐，從門後探出穿了軍服的上半身。

「哎呀，來得正好，伊藤一等陸佐。請問那些曾對我，上・下・其・手・的人，被處決了嗎？」

「白石陸佐，請不要說出那麼恐怖的話……」

伊藤徹尷尬地搔了搔脖子，隨後才說出了前來的原意。

「咳咳，特災局的各位，還有白石陸佐。織田司令想見你們。」

他多加了一句。

「說要跟那些……各位所說的『保守派』的人談談。」

††

長長的廊道，有如機場登機大廳一樣的建築設計，是這個新型避難都市「櫻座」中，自衛隊與特災局日本防衛支部JCCF總基地的特色。

刷成灰白的大樓，與每天目送這座城市的夕照，凸顯出了不一樣的色澤與漠視俗物的倦意。

但這份倦意，削減不了基地中緥緊的氛圍。

我們一行人正前往有別於戰情會議室、容納數較多的大型會議室。

防衛軍裡的安排，總是又急又快。白天才剛發生了那種事，綁架紗兒與白石櫻的同夥軍官馬上被制裁、通緝，高層極力壓下了事件謠言的擴散。而現在，馬上要我們這些當事人，與「理念不同」的另一群人當著指揮階層的面。「好好地談談」。

簡單來說，就是「談判」了。

陳局長和白石櫻走在前頭不發一語（或是在進行某種默契交流），琴羽在幾步之後找上我攀談。

「亞克，小紗兒她還好吧？」

「我不知道……」我貼近她悄悄說。「發生太多事了，今天本來應該要很普通得過的……」

「我還好。」

紗兒顯然聽見了我們的對話，只見她抱著另一邊的手臂，想要遏止身體因懼怕而產生的顫抖。

「我……不要緊的。」

「『異能』的那個，能量的衝擊波，沒有傷到自己吧？」

「應該沒有。或者說我……沒有那樣的記憶，我有**看到**了一些東西，但……直升機爆炸的事沒什麼印象了，抱歉……」

少女愧疚的身影，在此刻的忍受之下，顯得易碎而孱弱。

但這種時候再繼續問「妳還好吧」，大概是一種無知，也十分失禮吧。

紗兒已經說過想要學會堅強。

這樣的願望與決定，可不能去辜負她。

「不要太逞強了。」我摸摸她的頭，白髮因整天的勞累而凌亂翹起。

「其實妳可以先去休息的，這種事情我們來就好。」

「……我想一起面對。跟大家一起。」

面前的少女難得稍稍固執了起來。

看來也不能總是把紗兒當小孩子哄了。

「是嗎，」我出聲感嘆。「那妳要做好心理準備唷。然後至少，等等回去馬上先去沖澡。我可不會幫妳洗囉。」

「會自己洗啦。」這過時又沒必要的提醒讓紗兒勉強露出了苦笑。

「就不關心我了嗎？」維特從背後搭上我的肩膀。
「你想害我被告性騷擾嗎？」
「……我還真沒想到**那邊**，亞克啊……」
「……」我無言以對。
琴羽也若有所思地低著頭，當我回頭時還刻意避開我的視線，臉頰微紅。
「我、我什麼都沒在想哦！」她慌忙揮手澄清。
（妳在胡思亂想什麼吧。）
我也什麼都沒說啊。冷靜跑哪去了，大姊？
「不過嘛～事情感覺都已經鬧這麼大了，那些人真的還會想談嗎？」
「可以的話，我們想盡可能把傷害壓到最小。」領在前頭的伊藤徹回答席奈的發問。「自從各位來到這個河口湖後，時不時就會有這樣的人跳出來表達不滿……可惜我只能以上級軍官的身分去制止他們，實屬慚愧。」
「沒這回事，伊藤先生已經盡力了，這點平時就看得出來。」
「不敢當，這是我們都該做的。」伊藤徹對我笑了笑。
雖說兩個多月前來到這裡後，能明顯地體會到特災局與自衛隊之間，多少有一些嫌隙。主要原因除了消極避戰與主動出擊的區分外，紗兒的出現也影響了許多層面，變成了「行動派」與「保守派」常常意見不合的局面。
而今天的事件，算是雙方冷對峙以來，非常嚴重的一次了。

如果不是伊藤徹與幾個他較為信任的下屬願意對我們伸出援手，我大概會拋棄過往對自衛隊的成見與想像，把他們都當作壞蛋吧。

但又相對地，同樣親近我們的白石櫻，卻常對伊藤徹的舉止不予置評。

——「他並非那麼單純的男人。」

講出這句話時，白石櫻曾露出十分嚴肅的銳利神情。

日本人好難懂。

「總之，無論是軍團高層還是我個人的私心，都希望能大事化小。」

「大事化小啊……真的有辦法嗎？」

我也抱持著同樣的想法。

已經威脅到自己人的情形之下，我們也不會讓這種事變就此草草收掉。

但伊藤徹似乎沒把琴羽這句話當作對他的問題，久久未回頭。

「伊藤先生。」我小聲喊道。

「啊！是，不好意思，剛剛在思考別件事情……是說琴羽小姐的疑問嗎？」

「是的。」

伊藤徹搔了搔頭，想著如何概述：「正如各位已經知道的，稍早那起事件的涉案士官們，都已被逮捕與通緝，如果有需要對紗兒小姐等人補償的話，我方……也會盡量。」他頓了一拍。「當然雙方能和解並保證這種事態不再發生，高層應該都很樂見。只是現在的社會中還缺乏『法庭』這種東西，除了自衛隊法能約束外，我們所能做的也只是暫時執行禁閉……」

「也就是……能做到的其實不多吧。」我深思。

白石櫻與陳局長所計畫的祕密，這樣聽來並沒有跟其他外人說過。

「是……能和解是再好不過的。」

和解。在連法律都失去效力的世界，還能寄望這種詞嗎？

這使我不禁對接下來表面「和解」的談判感到緊張。肯定會受到嚴厲的檢視及質問吧。

剩下腳步聲迴盪於牆壁的時間裡，我們並沒有再多溝通些什麼。

可能我總是想太多了，以至於好不容易到會議室門口時，我感覺花了好幾小時的時間。

「就靜觀其變吧。」輪椅停下的陳局長沒有忽略後方我們的對話。「織田中將是個做事滴水不漏的人，他這次『邀請』我們，想必也自有安排。」

「陳。」白石櫻突然喊道。

「……裡面，太安靜了點。」

應該有點嘈雜的談話聲，無法從門的另一側被聽見。

不知是出於要面對我們的肅靜還是……

但確實安靜得過分。

「亞克。」琴羽警戒地說著。

「我知道。」

我動作輕微地撥開槍套，將手指貼上了握柄。

其他有持槍的夥伴們也做了一樣的動作防範著。

伊藤徹顯得緊張，但好歹是軍人，也將身體靠在了門的另一側牆上。白石櫻輕輕將五指貼上門板……露出了起疑的表情。

「很奇怪，沒有人活動的跡象。」

「第一指揮組。」

陳局長主動推輪向後，琴羽比了個手勢，一個個槍口對準毫無動靜的灰色門板。

紗兒與小雪互相拉著退後，交由矮小的席奈護在她們身前。

我們之間的默契如同門後的無聲。

沒理由介入的夕陽悄悄沒入山頭後。

「破門。」

「退後！」

琴羽一聲吆喝，以非比尋常的腳力重重踹開鋁製的門扉。只有最低限度的「沙沙沙」腳步聲穿越了門口，我停下了動作，警戒著無比昏暗的室內。

沒人，沒燈，連空氣都失去新鮮度。

維特突然不禁摀鼻。「這個味道是……」

我也同時聞到了。

——血的味道。

琴羽皺起眉頭。「維特，開燈。」

「啪」。逐格照亮會議室的日光燈一個個開始通電，我們一行人瞇著眼適應著光線轉變的模糊感，還有呈現在眼前的大型會議桌。

以及——會議桌的主位，怵目驚心的人影。

「我的天……！」

琴羽收起槍，箭步繞過圓桌，在我們的注視之下，扶起癱倒在椅子上的身軀。

那是我無法想像該出現的面孔。

「織田司令……？」

「怎、怎麼可能……!?」

晚一步進門的陳局長，微微睜眼後，臉色也變得凝重。

「喂?是、是，這裡是伊藤，請立刻派醫護兵到D棟二樓……」

基地最位高權重的司令官、織田信作淌著血的軀體，沒有了呼吸。

他的胸腔上，一個精準的彈孔染紅了周圍的軍服。

——或許我們從不需要再次面對面會談。

而實際上，我們再也沒有機會，坐下來好好談一談。

††

「把槍放下。」

槍械會被設計出來，本是與任何能夠致人於死地的兵器相同的道理：用於對付不遵從我方意志、侍奉不同理念的「敵人」。

自火藥被發明後，從火銃的攻城掠地、到總是會搭配海盜形象的燧發槍，直到近代每分鐘數百數千發的恐怖殺戮機器，槍砲已然成了現代戰爭與對立中，最簡單暴力的「溝通手段」。

而我手上正穩穩平舉的槍枝，本是給ＡＩ無人機做了斷的防衛武器。

在「大災變」後理應如此。

然而現實總是如此諷刺。

風雲變色的河口湖，人與人之間已經失去了「信任」。

「再說一次，把・槍・放・下。」

……最終槍口還是**回到**了人類身上。

「你覺得你有立場說這種話嗎，亞克中校？」

「櫻座」指揮中心的內部，所有人都停下了手邊的工作。

只有溜進窗內的蚊蟲敢恣意移動的空間，十來支槍口交叉瞄準彼此的目標，緊抓不放。

「你們可是從原本純粹的意見不同升級成了罪犯，」我冷冷回道。「沒立場大放厥詞的是你們。」

「還沒擺出證據就認定我們是罪犯，這樣的判斷是否太草率了呢？」

「有那個種**殺了**司令的人，除了你們還有誰？」

「在這樣的環境下，『動機』人人皆有。」

「殺了最高權限指揮官的動機？」

冷面的男子再次回答：「少了法庭的審判，並非難事。」

9毫米口徑手槍的射線筆直扣住我的眉心。

我手中與其相對的齊亞帕左輪亦無退讓之意。

什麼時候變成這樣的？

不，或許打從一開始，這就已經是無可避免的未來了。我們只是在征戰的過程中，減緩了這樣的趨勢——人與人返・回・廝殺道路的趨勢。

眼前的這名男子我並不認識，但毫無疑問，是保守派的一員。

不然我們不需要將槍口對準彼此。看來保守派**真的被激到了**。

我四周與我站同一陣線的琴羽等人，也不會把手槍對著他的同夥。

「……你們，還有多少人？」想要打破這樣的僵局，我不知道還能丟多少沒有意義的問題讓自己有更多時間思考策略。

「我們沒必要告訴『行動派』的人。也許我們『這種人』就潛伏在你們之間，而你們為了那頑固的理念愚蠢到毫無自覺。」

「我們之間……？」

男子忽然嗤笑。「看來我們的『陸佐』演技還是一樣優秀。」

還來不及有所反應，冰冷的觸感抵住了我的後腦杓。

「日本這邊，過得應該還算舒適吧，亞克**先生**？」

五官端莊的自衛官，將原本對著其他保守派的槍口轉向了我。我感覺到毫不猶豫的視線——伊藤徹在其他人的注視下，一腳「踏出」了我們的陣營。

「……原來暗地搞鬼的一直都是你嗎？伊藤先生。」

「你早就發現了吧？亞克先生。」向來和善的嗓音已經變了調。「只是你出於對我這陣子以來如——此友善舉動的尊敬，不完全把我當作嫌疑者之一。那個白石都比你還要聰明得多。」

不知該慶幸還是懊悔，今天把紗兒交給了白石櫻留在宿舍照顧。

但這一切——從某些自衛官鬼祟的行動、白石櫻所點出的東京作戰時的通訊干擾，以及最近綁架紗兒的事件……

現在正躺在加護病房的織田司令，雖說被那麼一槍致命的近距離射擊貫穿胸膛，但經搶救後，目前恢復了微弱的呼吸。

不過依舊命懸一線。

想到這裡，使人更加火大。

（該說是他隱藏得太好……還是根本毫無明顯作為……）

我徹頭徹尾地被伊藤徹這個人騙了。

「那時候也是……先在刺殺了織田司令後，還刻意拖延才來叫我們的嗎？」

「誰知道呢？畢竟我那時可是跟你們**站在同一邊**的。」

「那你變臉可真變得比翻書還快。」我慢慢說出。

「那只可惜你沒先讀過簡介啊，亞克先生。」

可能會讓我腦袋開花的槍管抵得更緊了。

現場的內勤人員被要脅成了人質，限制我施展手腳的空間；其他的夥伴們都緘默不言，持續用手槍與保守派的人們瞪視。

應該說，除了這麼做以外，人數五五開的情況下，我們沒有更多選擇。

任・何・一・個・人・擊發子彈，就是開戰的宣言。

何況這甚至不是與ＡＩ無人機間的奪還戰。

是人類與人類可悲的內戰。

餘光瞧見琴羽偏頭對我瞇了瞇眼。我試著繼續以對話拖延：

「為什麼要這麼做？有必要嗎？」

「什麼這麼做？」

「操控危險的人工智慧——把紗兒拿去實驗、掌握力量。你們這群傢伙就那麼想要歷史重演嗎？」

「我們只是選擇了不需要與ＡＩ無人機互相殘殺到最後一兵一卒的方式。真正的和平，可不是你們一直送靶子出去就能達成的。」伊藤徹歪了歪嘴。「你們口中的『保守派』——被你們所唾棄的我們，只是選擇接受**現實的醜陋**，而非追求它**理想的樣子**。」

「只要徹底剿滅無人機，或是多花點時間去『理解』ＡＩ無人機的行動、揪出這一切背後的主使，才能真正解決現在的亂象，重建這個世界，不是嗎！」

「真棒，看來我們終於有共通點了呢。沒錯，來一起『研究』這些笨鐵塊，難道不好嗎？就乖乖把那個**人造人**交出來，我們從此不需再互鬥。」

「……我們講的完全是兩碼子事。」

室內僅迴盪著我與伊藤徹敵對意識濃厚的對話聲，所有人依舊維持著劍拔弩張的對峙姿態。

但同時，我也發現琴羽正以難以察覺、極其緩慢的速度調整站姿。

右腳向後滑了一步。

全力的話，角度剛好能踢翻她與伊藤徹之間的工作桌。

「亞克先生啊，你真的覺得，那麼危險的力量，是你們能夠保護的嗎？」

這名「反叛」的自衛官出聲威嚇。

「就好心跟你們坦言吧。我們都已經知道了那個人造人的祕密力量，多虧了白石那女人的實驗室還挺通風的……本來就是**實驗體**的東西，理所當然就要拿回來實驗。如此一來，就沒有跟無人機『戰鬥』的必要了。」

伊藤徹語氣中不帶玩笑。「這才是對人類來說最佳的致勝方式。」

「一群懦夫。」我低聲怒斥。

他聳了聳肩。「我們也是希望根絕ＡＩ無人機的後患啊。」

嘴上說得真好聽。我心想。

但實際上只是想藉由操控人工智慧技術來奪取權勢罷了。

「再問你一句話。」

「請便。」冷冷的金屬正如持著他的男子一樣，沒打算放手。

「和解——就不能好好地談話、重新找到新的出路或合作可能嗎？」

何等笨拙的一手。

不過說實在，自己也已經被槍口指到煩了。

果不其然，聽到這樣兒戲般的問話，伊藤徹不禁摀臉大笑：

「噗哈！哼，你也是很天真啊，亞克先生。還在妄想『坐下來好好談談』？如果真的有這種可能，我們全都不用面對那些該死的無人機了！」

「你也真的是選錯邊站了，**伊藤**。」

冷笑勾起。「那也得取決於你站在哪裡，亞克先生。」

這次，換我掛上了冷酷的笑容。

「這句話，原封不動的還給你，伊藤——！！」

作為信號，我大聲叫喝分散伊藤徹的注意力。

琴羽驟然蹲下身，一記橫踢將工作桌往伊藤徹的腰部擊去。來不及閃身的自衛官被厚實的桌子重擊跌倒，我以最快的速度壓低身體，驚險閃過眼前另一名男子與伊藤徹幾乎同時在慌亂中擊發的兩枚子彈。

衝突已然展開。

敵我的肅清已經無法停止。

片刻之間，指揮中心內部槍聲四起。

子彈損毀了電子儀器、打碎了一面面玻璃。雙方持續針鋒相對，混亂的槍林彈雨之中，已經難以分清敵我。我匍匐爬進翻倒的長桌後方，因為幾個熟面孔都幸運躲過凶殘的子彈而感到欣慰。

欣慰的同時，卻也感到脫力的悲愴。

第一組的夥伴們，眼中都充斥難過與無奈。

「……沒辦法了。」

事到如今，我們別無他法。

我們別無選擇。

【間章】 原點歸零

「這次真的很謝謝妳，艾莉。」

「你啊，每次都太注重禮節了，亞克。就這麼想疏遠我嗎？」

「不，沒那個意思，只是……」

「只——是——我們才剛認識七天？七天『而已』？一天對我來說就足夠跟別人混熟了好嗎，要不你現在就給我飛回臺灣，哼。」

艾莉緹比出「去、去」把人趕走的手勢，亞克不得已只好吞回原話。當對方的年紀比自己小、又比較強勢的時候，亞克還真不知道該怎麼對付。

「好啦，好啦，『超級好朋友』不需要拘泥禮節是吧。」

艾莉緹滿意地點點頭。「這才像話～」

美國紐約，豔陽高照的正午。

夏日的七月風，拂過甘迺迪國際機場光禿的停機坪。

——一週以前，亞克奉臺灣ＳＣＲＡ局長之令，為了調查「全球通用ＡＩ軸心機構（ＵＡＤ）」所針對全世界人工智慧無人機的控管，是否存在需要ＳＣＲＡ這種災害應對組織出面的風險——也就是ＡＩ暴走所導致的「人類自律崩壞」的可能性。

雖說全世界的權威學者都一致認為，在如此良好的系統管理之下……

人工智慧**不可能叛變**。

但唯獨幹了三年情報員的亞克不這麼認為。

如果不存在可能性，這個潛在災變就不會被放上會議桌；放不上會議桌，臺灣乃至全球的安危就增添了一個風險。

為此，亞克依舊說服了局長，千里迢迢來到紐約。

哪怕只能蒐集到多一點點的情報——

「總之，很感謝妳願意當嚮導。」

「小事一樁。身為特情局總被派去當導遊的小菜鳥，這點應該的，呵……」

說完，艾莉緹擺出了眼神死的模樣。

她總愛抱怨自己不受重用，但也不是真的在氣頭上，笑一笑就過了。

「別這麼說，我覺得妳**很棒**啊。」亞克並不討厭她這樣直接的個性。「導覽仔細、對我也很親切，而且其實也有溫柔的……妳怎麼了？」

艾莉緹的臉頰一陣發熱，金亮的雙髮辮被甩來甩去。

「真、真是的，怎麼可以對正值青春年華的女孩子說這種話呢，作為朋友真是真是真是太大膽了！」

看著艾莉緹故意遮住羞紅的臉，亞克無言以對。

「這個，我都還沒說艾莉妳可愛呢。」

這回艾莉緹真的臉紅了。

「……你、你認真的？」

「請當我沒說過那句話。」隨後換來艾莉緹一陣小搥毒打。

熱風帶來了乾燥的苦味，但並未削減兩人閒聊的興致。

不知不覺，亞克和艾莉緹已經聊到了接近了小型噴射機起飛的時間。

「對了，令尊的事……我很遺憾。」

「沒什麼關係，都已經好幾年前的事了。」

「只是想不到你的雙親都已經亡故了，一定不好受吧？」

「倒是還過得去。畢竟現在也不是沒有**家人**。」亞克思索了一下。「而且生活也過得滿愜意自在的，就不會去多想了。」

艾莉緹淡淡一笑。「是啊……很難想像現在是『大戰』期間吶。」

「特情局會因此很忙碌嗎？」

「這種『戰亂』不完全是我們的職責範圍，頂多支援罷了。」

——烽火尚未消弭的時代。

過度發展的世界依然處於「第四次世界大戰」的陰影之下。然而這場戰爭中，戰場上的陣亡者數量幾乎為零。美軍派往世界各地的武裝ＡＩ無人機發揮了完美的壓制效果，維持著戰線與武力的「和平」，讓資源產業鏈不致崩潰；絕大多數國家的國防軍武，亦皆以ＡＩ操控作基礎部署，不讓人類士兵提槍上陣。

與其說是大戰，不如說是科技軍備競賽。

遙望遠方一架飛離跑道的班機，艾莉緹回頭擺出了溫和的面容：

「這一趟，還值得嗎？」

「託妳的福，收穫不少。找到了ＵＡＤ有機率出問題的關鍵性情報，雖然依舊無法斷言ＡＩ無人機的系統設計有漏洞……但也足夠先帶回去讓我們組內的人好好地做一下分析與最終決策了。」回想過去一週，也是經歷了不少。

「太棒了！那我導遊沒白當了。」

「妳也趕快升遷升遷吧……」

「我就是萬年菜鳥，誰也不能阻止我！」

艾莉緹得意洋洋，隨後低下的神情卻浮現透明的寂寞。

亞克這才意識到，這幾天好像都沒看她跟誰共事或聊天過。特災局與特情局合作已有些時日，也是因為局裡的人舉薦才會認識艾莉緹的。

而年僅**十七歲**的特情局探員，以同齡來說已經十分出色、堅強了。

但年輕的柔弱色彩也尚未褪去。

亞克想說些安慰的話。「艾莉……」

「你會回來嗎，亞克？」

「咦？」

像個小妹妹一樣，艾莉緹悄悄捏住了亞克的衣角。

「你還會再來的吧，啊，旅遊什麼的都行，也不一定要是公務出差啦。」

亞克不確定自己這幾天有沒有帶給她好相處的印象。

但是艾莉緹強忍落寞的表情，並不是她的風格。

於是亞克爽快回應：「總會再來的吧。下次去妳推薦的那家窄巷裡的店喝杯咖啡也不錯。」

『亞克隊長，我們要準備起飛了。』

亞克揮揮手回覆飛行員。「或是如果妳想去中央公園晃晃的話，也好。」

艾莉緹苦笑。「怎麼你比我還要熟紐約這地方了？」

「畢竟我有一名親切的導覽員。」

「你這麼說也不會讓我對你加分的哦，老兄。」

話雖如此，艾莉緹依舊在桃紅的臉蛋上露出了笑容。

一陣扭捏之後，她上前給了亞克一個大大的擁抱。身高的差距使得艾莉緹金色的髮絲落在了對方胸前。

「噢天啊，我會想你的，亞克。」

「我也是。」

噴射機開動了引擎，轟隆的風壓使空氣熱得變形。
亞克輕輕放開艾莉緹的擁抱，走上機艙放下的階梯。
「那麼，下次見了，艾莉！」
站在下方地面的少女恢復了元氣，大大揮著手：
「嗯，下次見！記得幫我跟其他人問好！」
「我會的！」
渦輪引擎蓋過了兩方的傳話，機艙門在少女的注視下密合。
噴射機將輪胎轉上跑道，準備執行起飛程序。
「……一路順風，亞克。」

夏日的暖風依然不停歇。

三日之後，兩人曾經站立的停機坪成了崩裂的焦土。

††

盛暑的氣息在窗外奔馳。

『這裡是琴羽，亞克，東西拿到了嗎？』

「找到了，我立刻回去。」

『維特今天似乎心情不太好，你最好快點。』

亞克輕笑一聲。「了解，我也不想因為遲到而吃癟啊。」

『哈，你也知道再不快點來就要請客了吧？等你。』電話掛斷。

離開會還有二十分鐘。所幸捷運站就在旁邊，離亞克這裡不遠，只要路上那些美軍的金屬大塊頭不攔檢的話，他有信心及時阻止荷包大失血的慘劇。

這次的會議也是關於ＡＩ無人機的重要決策討論。

花了一週時間，亞克好不容易從美國那邊收穫了得來不易的情報。他待會必須盡可能說服其他局內的人重視ＡＩ暴走的可能性，事關重要。

收好重要資料並闔上抽屜，亞克步出房間。

「海倫娜，麻煩五分鐘後熄掉一樓的電子設備，地下室不用。如果有不認識的人想偷進家門，也麻煩『處置』一下。」

「收到指令，別被裝甲車撞了，主人。」

「我真該改一改妳的幽默數值的……」

被稱為「海倫娜」的居家ＡＩ管理系統閃了閃燈號。似乎並不「覺得」剛才對亞克所說的惡劣玩笑太過分。

自近年開始，幾乎人人都會在住處裝設類似的居家管理系統。

「人工智慧」可是現代生活的熱門詞彙。

「全球AI軸心統合系統」大範圍覆蓋的情況下，世界上所有基於此系統運作的人工智慧，全天候連上網際網路、把關著人們的生活與各式服務。雖說曾有「侵犯隱私權」這樣的聲浪出現，但最後多數的人類還是作出了選擇：為了確保安全便利地活下去，寧可捨棄一點點的自由，讓自己被隱形地監控著。

而經亞克特別調整過、由SCRA局內所研發的這個「海倫娜」，雖還沒到擁有完全自主意識的地步，不過也是防火牆相當厚實、足夠聰明判斷情勢危險度的高級人工智慧。

「總之麻煩顧一下家，回來我會給妳裝新驅動的。」

「好的，一路……豪……滋……」

「嗯？」

沒有一如往常的玩笑，最後彷彿斷電一般的噪音，使亞克皺起眉頭。

「海倫娜？」

沒有反應。

「管理員大小姐？」亞克再度出聲，但除此之外依舊沉默。

亞克手動打開海倫娜的顯示面板。「不對勁」的直覺侵襲他的感官。

他看著重新亮起的面板。

接下來的幾行警告文字，讓他愣住了寶貴的四秒鐘。

與此同時，照明全數無預警斷電，備用發電機的震盪聲，隨著亞克重新搞清楚現狀之際敲進他的身體。

時間已然迫在眉睫。

一道純白的光線閃過靠街道的落地窗。

下一秒，就像破碎的布偶，亞克輕易地被爆炸的衝擊吹飛到牆上。

一灘血從嘴中吐了出來，沾染地上毫無秩序的碎玻璃。亞克感受到自己不在正常位置的肋骨，還有被碎玻璃刮傷的出血皮膚。

亞克靠著牆面慢慢站起，擦了擦因血而黏糊的嘴角。

疼痛劇烈襲來。不過，身體還能動。

暫時無視還不會造成致命傷的斷骨，亞克咬牙強忍並披上緊急用的戰術外套，數度試圖聯繫SCRA總部。無人接聽。

繼差點被飛彈砸中的不幸後，通訊也斷絕了。

「可惡！」但他自己也知道現在不是懊悔的時候。

時間不夠了。

亞克來到玄關。門口衣櫃的密門開啟，他抓起了緊鎖於內部的突擊步槍、往腰間掛上備用彈匣與榴彈，從大門的貓眼向外窺探。

行人、綠地、散發蒸氣的柏油路與待機的美軍武裝ＡＩ無人機，這三年來外頭都是這副景象；然而現在從兩厘米透視鏡看出去的世界，卻是閃光、慘叫、四處癲狂的火舌與——正在進行無差別掃射的無人機。

前幾天才擔憂的「可能性」、稍後才正要擬定策略的對象……

ＡＩ無人機暴走事件，選在了今天一口氣爆發。

「比預期的還要慘啊……」

現在沒有慌張的餘地了，亞克按住發抖的手腕。

捷運肯定行不通，ＳＣＲＡ總部的狀況未知……

——他只能徒步殺過去。

「呼……上吧。」

使勁拉開家門，灰燼與熱氣瞬間吹打他的感官。

帶著血色與無人機的機械嚎叫，變天的世界在眼前展開。

一秒。

亞克衝上石塊崩落的大街，尋找第一個能夠讓自己存活更久的掩體。

——房屋乘載著外頭的叫囂與內部的靜默。

被震波翻倒於地的顯示面板，斷斷續續浮現幾行不停閃爍的血紅文字：

▲／／：主機指令斷線，立即啟動核心關機程序：／／▲

──災害判定：ＡＩ暴走。

──危險等級：10／10

††

砲火聲依然不絕於耳。

傾斜旋翼機一批批脫離戰場，離開了一寸寸被吞噬著的ＳＣＲＡ總部。

從旋翼機的機艙口，琴羽望著下方慘絕人寰的光景。

「真是，最糟糕的狀況了……」

燒毀的高樓倒下、來不及逃跑的行人被輾斃。

雖說聯絡了國軍支援撤離，但面對美軍武裝ＡＩ無人機成倍的殺傷力，再堅強的國防力量，恐怕也凶多吉少。

她從未想過故鄉被暴走的人工智慧蹂躪的場景。

如今，她大概也不需要去想像了。

「別看了，琴羽。」維特坐到她一旁。「我們救不了多少平民。」

「原本或許可以。只要再早一點、再早那麼一點點……」

「琴羽。」

維特搖了搖頭，不忍直面她轉過頭來的少見神情——那是出於自責的憤怒，還是無法保護人的悲傷，琴羽自己或許也不知道。

「大家都盡其所能了。但我們缺乏情報、缺乏武力、缺乏時間。這並非一個我們能控制的狀況。」

「抱、抱歉，都是我的不好……沒有掌握，情報的預估……」

躺在對角的席奈撐起身。「這種時候就不要責難自己了，小雪。我也是啊，沒有對上那些東西的經驗，打得一敗塗地啊啊疼疼疼疼疼……」

「好好按住傷口，不要起來！」

小雪急急忙忙用膏布貼住席奈受傷的側腹。在撤離前的混戰中，席奈似乎因為闖得太前面而遭到了砲彈無情的伺候，所幸身為一線的戰應員，他有著足以避免自己被弄死的反應力。

「話說，咳，亞克大哥和陳局長呢？怎麼沒看到人？」

琴羽無法回話。

維特暗自嘆了口氣，向席奈說明狀況：

「一切爆發後沒過多久就失聯了。我們現在還無從得知他的實際狀況。陳局長雖然也受了重傷，但現在由另一架友軍機負責照應，應該不會有……」

「欸欸欸欸？？這應該出大事了吧！亞克不見咧！」

「躺——好——！」

小雪只有這種照顧人的時候，特別強勢。

「你冷靜點，又不是世……唉，好吧，可能真的是世界末日。但至少還沒有完全確認他已經陣亡了。對吧，琴羽？」

維特刻意把問題丟給琴羽接話，並擺出了認真的臉色。

她不能繼續身陷於沮喪的黑潮之中。

「嗯，沒錯。」琴羽閉眼深深呼吸。「只要我們幾個都活著，就還有回來搜救的可能。亞克他……也是很頑強的。現在先成功撤離要緊。」

撤離。

曾以「守護文明價值的先鋭鋒芒」自詡的「特種災變應對局」，除了實現這個詞彙所代表的行動以外，做不到任何事。

在美國各州陸續被攻陷、新加坡升起了最終防線「堅壁」、中國政府杳無音訊，甚至連日本都宣告東京淪陷後，人類世界，已經步入了無可挽回的毀滅。

而對臺灣這個已經因戰略位置而被各方勢力覬覦、空間又不如其他國家廣闊的小島來說，他們只能一撤再撤。

撤出國土。

放棄自己的故鄉。

甚至要拋棄同伴**逃・跑**。

「維特……有辦法知道除了北部地區以外，其他市區的狀況嗎？」

「探路者衛星十號勉強還連得上線，我剛剛有看了一下。」

琴羽質問。「結果呢？」

維特盯著手中的平板，久久沒有回答。旋翼機身徐徐起伏，成了唯一發話者的機體運轉聲掩飾著短暫的沉默。

直到維特抿了抿唇，再次開口：

「北部的狀況自不用說，其他從臺中一路到屏東、花蓮、臺東，以及任何所屬於我們的離島地區，能夠被偵測到的人類生命徵象幾乎都在大幅度銳減中。剩下南投的大型避難所，已經切斷了聯外道路，應該可以撐住幾天……但也只是時間的問題而已。」

琴羽低頭思忖。「果然嗎……好。」

「說起來，今天本來的會議就是要討論我們正下方的『議題』對吧。」

維特不帶情感地談著。

「是、是的，只要我能分析亞克帶回來的情資……」小雪依舊自責。

「但他卻把機密的重要文件忘在家裡了，嘖。」

「維特，」琴羽沒好氣地斥道。「現在不該怪罪別人，無論亞克是否有從美國帶回些什麼，我們都該盡我們的職責去避免這種情況發生。」

「我知道，我知道！唉……只是發洩一下，抱歉。」

維特舉手投降，露出了無奈的表情。

「我也希望**他**在這裡啊。」

SCRA創局以來最優秀的情報員失蹤了，任誰都會感到不安。何況亞克不只是一名「同事」，更是朋友、家人一般的存在。

「……我們都希望如此。」

傾斜旋翼機已逐漸脫離那些失控鋼鐵怪獸的火力圈。

琴羽再次望向機艙外，那裡，已經是一片塵煙滿天的**無人地帶**。而她依然能隱約聽到，那已完全覆蓋總部、來自深淵的「**未知**」的低鳴。

逐漸遠去的綠意山嶺，跟以往從松山機場搭機攀升到高空時看到的景致一樣。只是這一次，並沒有出國旅遊的雅興。

他們是戰・敗・而・逃。

但是……「我們總有一天，會回來的。」

我們一定會。琴羽下定了決心。

平時總是活蹦亂跳的席奈也稍顯疲倦。小雪安頓好他之後，提出從方才一片混亂撤退到現在都忘記問的問題：

「琴羽隊長……琴羽姊，我們接下來要撤退至哪裡呢？」

「日本。」琴羽秒答。「『當狀況覆水難收之時，ＳＣＲＡ全局得移動到日本』，這是陳局長以前就跟我耳提面命的指示。」

「日本……還有什麼嗎？」

畢竟「東京淪陷」此一情報就是小雪接收的，難免會有如此疑問。

「我們位於富士山腳下的日本防衛支部，也是最後的銅牆鐵壁。那裡新建成的高科技防衛都市足以容納近二十萬的難民，包括我們。」

機窗外的雲朵掠過琴羽的眼眸。「陳局長許久以前就和他們那邊談好了，而日本官方也樂於接納ＳＣＲＡ的進駐。同時，我們也能得到更多火力的支援與一個可以安身的避難處，他們算是這種時刻難得的『善意』了。」

小雪語露驚訝。「這麼說，難、難道有希望重振旗鼓嗎？」

「機會不會喪失。」琴羽點頭，抱著胸對眾人說道：

「自・衛・隊・是我們所剩下、**少數倖存的希望**了。」

【第三章】 泯滅

原本沒有對立的自衛隊、該在同一邊作戰的人們……

事情不該是這樣發展的。

在那嚇人的第一槍打響衝突的號角之後，才過了半個多小時。向來以四季景色皆各有風采聞名的河口湖，此時正被毫無感情的陰雲積累。

天空，是一片灰濛。

地表，是加劇的混亂。

「琴羽、席奈，要麻煩妳們把戰線控制住！」

『在盡力！但無論如何……該死，無論如何都很難推回去！』

『位置很差，單憑我們幾個沒辦法取得優勢的，亞克大哥！我甚至不知道誰是壞人誰是好人啊！』席奈吼道。

「如果他開槍打你，那他就是壞的！大概！」

「砰砰」兩聲，正想偷摸過來的一個敵人被我放倒。

我蹲在一棟和式房屋的轉角後，持續確認情況和給予指令：

「小雪那邊，需要多久？」

沙沙聲後，是由維特代替回答：『……因為織田司令的槍擊案、再加上對方突然的背刺，整體演算需要重跑一遍，再給一點點時間！』

『亞克，我們會盡力，但現在情況太混亂了，說實在……』

「我知道。但時間真的不多了。」幾發槍響在我周圍遊蕩。

「總之，找到機會反制回去，再繼續擴大下去……連平民都有危險。」

『知道了。你在外面也小心行事，我們這裡無法立即支援。』

「好。」通訊被暫時切斷。

「戰況」已經演變得一發不可收拾。

在導火線被引燃後，由於保守派人數比想像中的還要多、先前於在指揮中心的對峙更失去了先發制人的優勢，我們幾個一抓到空檔就徑直撤出了那槍聲不斷的空間。

在那之後，整個基地也跟著被牽引，進入了戰時狀態。

敵我難以分辨、不清楚潛伏者還有多少人，我們就在不斷猶豫與放棄反擊時機的情況下，進退兩難。到後來，這個軍事基地總部作為「軍隊」的秩序與機制已近乎瓦解。

開槍的開槍、叛變的叛變、逃跑的逃跑。

就像想快點找到戰犯一般，許多人不分青紅皂白地攻擊彼此。

我才正要探出轉角，『咻咻——』幾聲又被賞了一輪子彈，打穿了木製的牆角。看來自己的位置已經被開槍的人掌握了。

「這群人是嗑了什麼藥，竟然就這樣追到還有平民的城鎮裡面……」

而又雪上加霜的是，雖然事前得知白石櫻和紗兒安然無恙，但她們倆原先躲著的地方已遭圍堵，不得不帶出基地外往城鎮的其他地區逃散。原本對峙中的幾個保守派重要成員，包括伊藤徹，亦不見蹤影。

極大的可能，是無論如何都想捉拿紗兒了。

也因此我才跟其他夥伴分散，追了出來並打算在那些傢伙之前，優先與她們會合再考慮下一步的行動。

儘管有幾名自告奮勇的友方士官樂意效勞阻擋，但依現狀來看，反而是將我們「自己」的「爭執」帶到了城鎮裡頭，並把一般民眾也拖了下水。

原本不該是這樣的。

不需要連一般人都受傷。

我重捶木牆。「可惡，一群混帳傢伙！」

誤傷平民可是最忌諱之事。

然而絕大多數的保守派身為自衛隊，卻毫無保護人民的自覺。為了奪得「力量」、為了達成手段，這些自認在沒有法律約束的世界中的人，渾然忘卻了身為護國組織的最根本宗旨。

常理來說，防衛機構是為了維繫地區的安全與和平而成立。

如今他們自・己・將戰亂施加到了河口湖之上。

明明，世界早在五年前變成了這副模樣…………

時不時傳出的槍響使鎮民們陷入了恐慌。

我們之間的交火所到之處都是一不小心就會傷及的無辜者。

『亞克，我們也許找到了突破口。』琴羽傳訊，『保守派的那群人，似乎自發性地開始給自己綁上紅色標示物來區分彼此了。』

對於他們會主動放棄這種**判定上的優勢**，我略感訝異地繼續聽著：

『我和席奈找了一隊特災局可信任的人，會慢慢往指揮中心進行壓制。能區分敵我的情況下，便不需要猶豫了。』

「收到了，能的話就盡快移動。維特你那邊呢？」

『還在司令部大樓這邊保護小雪與陳局長，小雪需要專注的空間。』

「能預估還要多久嗎？」

維特思索了一陣，『最快，十分鐘。』

「那就繼續保持。難得身處戰場，槍應該還會拿吧？」

『這種時候才問……我好歹打靶訓練沒少過，你快去跟那兩個會合！』

「知道啦。只是想開開玩笑……哎，真討厭。」

我甩了甩頭屏去雜念，通訊中，琴羽擔憂的聲音再度傳來：

『……亞克，我知道你在想什麼，但我們就先專心於眼下吧。』

我回了聲「瞭解」，低頭檢查著彈倉內的殘彈數。

——明明世界已荒蕪殘破。

但人類的噁心德行，依舊亙古不變。

琴羽曾跟我提過她們剛撤退至日本時，自衛隊的友好態度與這座基地內成員的大力支援。

那時，情況危急，大家都遭逢了一樣毫無預兆的恐怖災變。

現在蕩然無存。不管是武力的合作，還是兩邊友善的交流。

時間無法重來。

對於「是不是真的需要爭鬥到這種程度」，已經沒有多問的必要。

我們別無選擇。

「權威與力量……這種東西無論到了什麼時代，都是如此誘人啊。」

難怪我們會被自己的創造物毀滅。

††

我兩手扣著左輪，一次次翻滾出了躲避用的房屋、車輛掩體。保守派一個接一個地挨過來，迫使我為了避開他們耳目不得不繞了遠路……保守派的追兵想必也猜得到我正在前往紗兒的位置。

在經過了幾輪的交戰後，好不容易來到「天上山公園」的纜車入口附近。

白石櫻方才報告，她們就在上方的山頭躲避著。

趁著敵人還沒追上來之際，我準備越過大街——

「請、請問……」

不認識的嗓音使我詫異地停下腳步。

一名從餐廳蹣跚步出的老嫗怯怯地對著我問：

「發生了什麼……」

我直覺地護住她。「老婦人，這裡並不安全，請妳先回到屋內！」

「是在戰、戰……爭嗎？怎麼，一下開槍一下有東西爆炸的？」

「現在很難跟您解釋狀況，但最好不要待在外面！」

「——喂，就在那邊！」

才剛說完，路口斜對角馬上衝出了三名不善的來者。

情急之下我抓起老婦人的手往地面一蹬，踢飛未融的凍雪後側身撞進餐廳的桌椅內。音速擊穿浮空的白雪，不長眼睛的子彈瘋狂刺進我和老嫗剛剛駐足的人行道，一路追進我猛力撞碎的落地窗內。

「好——痛……」

背骨承受著難以言喻的痛楚，彷彿貼了塊熱燙的水泥。

餐廳內稀少的人也都被這意外的一幕所愣住。

我拉開戰術外套，雙手放離驚魂未定的老嫗。「您沒事吧？」

此生可能沒有多少時候會面對真槍實彈吧，她似乎是嚇傻了，但還是戰戰兢兢點了點頭。

抱著將她捲入戰事的歉意，我起身重新窺視外部的動靜。

（果然挺痛的啊……）

那些超級英雄都怎麼好端端地撞破這些玩意兒的？

剛才攻擊我的三個人正叫囂著往我身處的陰暗處跑來，其中一個繞到大街的另一端，不讓我有跑出正門的餘地。

我飛快地轉動腦筋。

往外是那幾個追擊我的敵人和沒人想跳下去游泳的湖泊。

直接再度往右破窗後的大街又過於空曠，容易被狙擊。

往上……往上！

我突發奇想。「老闆，不好意思借一下四樓！」

餐廳所有人（包括搞不好聽不懂我在說什麼的老闆）都睜大眼，注視著我一步跨三階地奔上樓梯。

再上一層、再上一層、再上一層……

四樓的餐飲區域不對外開放，周遭只有暗天打進來的微弱光照。

我瞄了一眼左邊的戶外，那幾個人見我登上樓，也相互叫喊著被引入了餐廳內。眼下已經無法再通往頂樓，被逮到只是遲早的事。

除非……

既然前後都行不通，那從橫向的旁邊呢？

「呼。好，好，四層樓而已，小事情。」

我自言自語鼓勵自己，拉了拉左袖口站穩腳步後，掏出槍將窗戶的四角擊碎。然後，拔腿衝向裂痕斑斑的窗戶——！

『哐啷』刺響，玻璃碎片隨著衝擊飛舞破散。

有如慢動作的停滯之下，為了不讓自己下一秒被重力摔至十二公尺之下的地面，我盡可能維持姿勢，一個側轉抬起左手，黑色鉤索順著軌跡咻聲地彈射而出，釘上一旁山坡的樹幹正中。

突如其來的拉力使纖細的樹木彎下頭，我死命地扯住繩索，在按下收束鈕的下一刻迅速放開免得繼續拉高。前進的慣性帶著我整個人直線騰空了一段距離，直到重力再次掌控了物理規則，讓我姿勢零分地摔倒在一旁的矮房屋頂。

屋瓦被撞掉了幾片，先是背部，現在則是臀部隱隱作痛。

使我不禁自問我今天還得把身體摔出去幾次。

「不過有機會去感謝白石改良過這個鉤索吧……」

不然搞不好會摔到骨折。

後面幾個見到我用了意外的機動性逃跑的敵人再次聚集。

我咂咂嘴，滾身滑下了屋簷。在回到路面的同時頭也不回地往纜車入口狂奔——要通往海拔超過一千公尺的「天上山公園」，景觀纜車是唯一的方法。

琴羽和小雪那邊都還沒有更新狀況。

（無論如何都得先以找到紗兒為優先——！）

要是自己的「異能」能夠好好練習的話，說不定就能藉由「牠」的虛幻翅膀一口氣飛上山了。

——我的「異能」，自從來到河口湖的總基地，一開始被白石櫻與紗兒合作導引出來之後，就沒有多大的進展。我只知道身為「控靈使」不知隔了幾百代的子嗣，我自己擁有「鷹」型態——或是說，一隻全身包覆熾熱烈火的巨鳥「物靈」。

但至今我依然沒辦法把牠召喚出來。頂多像以前一樣，讓「異能」的能量纏繞神經，達到強化運動機能、動態視力的效果。
連紗兒都開始能習慣呼喚她的白狐們了。
我卻還在原地打轉。發揮不了幾個月前才得知的「真正實力」。
可惜抱怨也無用。
不管怎麼說，沒有直升機或任何航空器的支援，我也沒得挑。又多跑了一段路，終於喘著氣抵達了纜車站的售票處。
或許是擔心有追兵，纜車被白石櫻先行切斷了電源一動也不動。
我循著標示進入控制室，摸索了大半天才好不容易找到主要的控制鈕。手動重啟纜車線路後，控制室窗外的巨大轉輪才開始作動，隨著交錯的鋼纜讓停擺的機械裝置緩慢活了過來。
我跑到等待纜車的階梯，輸送纜線正平緩地將兩個懸吊的方艙送下山。除了纜車站運轉的聲響，後方入口處也傳來了窸窣的腳步聲。
「快點，快點……」
慢吞吞的纜車還來不及進站，一陣５・５６子彈的大餐不留情地往我身上砸來。我趕緊以欄杆為掩護蹲下身的同時還擊，『嗡嗡嗡』的運轉聲持續，一臺塗成酒紅色的纜車終於晃了過來。

下一個槍聲停歇的空檔。

咬開插銷，奮力一擲，煙霧彈拖著白灰的瘴氣被我丟向那些追兵所在的門口。就在他們被煙霧嗆到與視線被干擾的同時，我翻進纜車的車廂內，靠著預先設定好的運轉模式讓纜車重新往山上爬升。

控制臺已經被我破壞，他們無法從下方停住纜車。

不過另一班纜車才剛與我所在的這班交錯下降而過。

現在就只能賭白石櫻能在我到達之後，再次從上方切斷纜車線路了。

怒吼聲漸漸離去，只剩徐徐的風切聲，長方形空間勾著粗壯的纜線穩定爬升，遠遠可以看到保守派那些人氣急敗壞地想趕快搭下一班纜車追上我。

再這樣下去不行。

等到他們真的接近，只是時間問題而已。

當我正想翻起透氣窗、打算開幾槍遏阻他們的行動時，足以乘載三十人以上的大型纜車倏然停下，車身向前的急煞使我差點跌倒。

「現在又怎麼了？」

我攀著扶手觀察，沒想到身體都還沒站直，纜車又自顧自地加速了起來——以一臺纜車不該有的高速直衝山頭的纜車站！

不知道是誰在操縱，但愈來愈快的纜車沒打算停下。

久經風吹雨打的纜線與纜車的吊臂間甚至擦出了令人驚恐的火花。

我死死攀住扶手以防自己摔出去，甚至沒注意到下面那些人完全沒辦法搭上超加速來回的第二班纜車。

只見纜車站愈來愈近、愈來愈近。抱著將可能直接撞進纜車站的風險，我縮緊了身體的姿態、用「異能」強化了防護準備迎接衝擊。

但毫無預警地，我所在的車廂再次緊急煞車。

這次的急停將我整個人甩了出去。

纜車的觀景窗和支撐柱朝我襲——

啪。

††

無汙點的純白。

「你又來了，後繼者。」

眼前站著一名少年。

「你……難道常常撞到頭昏過去嗎？」

「呃……」

我扶著頭起身，與奇幻風格裝束的少年面對面。

曾經見過的空無一物的空間、聽過一遍的穩重嗓音、身旁雖潔淨但卻感覺得到「回憶」的氣流湧動。

沒想到會又落到這個**地方**一次。

「就那麼想跟我這個『幻象』聊天嗎？」少年打趣地笑了笑。

「不，這，倒也沒有……我為什麼又**掉進來**了？」

「我說過的吧，當你引出那份『異能』時，我便會以某種回憶的型態顯現。不過，可能還得有陷入昏厥的附加條件？」

這是什麼苛刻得奇怪的條件？

「我只記得剛剛還在纜車上，」我試著釐清現狀。「啊，我在纜車瞬間停住後飛了出去，然後……難不成我撞暈過去了嗎！」

少年聳了聳肩。「有可能吧。話說『纜車』是什麼？」

「老實說這不重要，就當作是一種交通工具吧。」

實在是不好對（可能）沒有工業文明概念的少年解釋這種機械。

我環顧四周，依然只是一片白和感受細微的空氣流動。

（讓我掉進這裡的目的就是和他對話？）

少年見我抱持疑慮，主動發話：

「所以，你是遇上了什麼麻煩吧。」

如此簡單地被看透。但是，我想問的問題與解決的麻煩，卻很複雜。

複雜到讓我已經開始不知道到底在幹什麼。

「算是這樣沒錯。我們……現在正和某些人起了爭端、我的『異能』還是發揮不出真本事，而對於現在的戰鬥情況，也是一言難盡。」

「而你想，從我這死人身上獲得答案？」他再度詢問。

「如果可以的話。」我認真地點點頭

抱胸朝上仰望，少年思考著。

過了許久，他才再度直視我與他一致的血紅色雙瞳中。

他席地而坐。「兩個問題，讓你問。」

「啥？」

「發問明確一點的話，我也比較好回答或向你展示啊。要是浪費到你的時間就不好了。」少年指了指頭頂上方。「你，時間不多了吧。」

一小道像是告示著這個空間將會崩毀的裂痕從純白之中冒出。

上次空間瓦解之際，有無數這樣的裂痕綻開。

不過這次時間應該比較隨心所欲一點。

「好吧，」我跟著坐下。「我要怎樣，才能將『牠』運用到實戰上？」

「這還真是個難題啊。」

少年擺出苦惱的表情。

「畢竟我說過我教不了你什麼，也不希望你頻繁地去使用『異能』。」

我露出堅定的眼神，少年依舊猶豫了一陣子後才像是放棄般地嘆了口氣，坐直了身子並跟我陳述：

「聽好了，你我的『異能』，基本上就是召喚出某種『靈體』或『幻象』，並操控牠變化成各種在其『物件』範圍內所能擬態的東西。像是翅膀、爪子、火焰或是純粹的鳥獸形體。在無論進攻或保護上，都相當便利，然而在學精之前，你會很難去操控牠。」

「是。而這也是我現在的問題所在。」

少年伸手示意我別太急躁。「很多東西是你得自己親身去體會、悟徹的，我就算想教也愛莫能助。但我推測你目前最大的問題是『異能』的殘片所留下的力量太過薄弱了。」

之前他有提過，在經歷千百代的傳承之後，這份力量或許已經衰退得所剩無幾。能有身體強化的機能，也許已經是大幸了。

「意思就是，無論做什麼我都無法提升這份力量嗎？」我反問確認。

「這個嘛……也不對。還是有機會掌控的。」

少年抬起頭，並伸出兩根指頭正對著我的眉心。

「『異能』，在字面上，它是一份供控制者使用的力量。但同時，它更是歷史、是回憶，對異能者來說，是其存在『本身』。」看見我不解地揚起眉，他繼續說道。「就像花朵會從土壤裡的種子開始，長出莖葉、冒出花苞，而後在時間的推引之下，花苞將會釋放美麗的花瓣、開出朝天的花朵。接著，花謝了。種子重新掉回土裡，再重複一遍同樣的流程。」

花開花謝，生死輪迴乃是萬物的定理。

不過這之中，又有什麼不一樣……？

少年愉快地微笑。「你應該比我還聰明。」

「花雖然謝了，但種子一直都存在……而且是打從一開始。」

「沒錯。種子就算經歷了形體的變化，但不曾被消滅。而那顆『種子』，就是你現在體內的那份『異能』的殘片。」

「也就是說，再給多一點時間，我也可以……重新變強嗎？」

「要這麼想也可以。畢竟它是乘載了時間、過去、回憶的力量，細心培養的話，總有一天，你就能再度使出『牠』的吧。」

至少有了方向——我默默想著。

「對了，你也有提過另一個……『毀滅了世界的記憶』的力量，那是？」

「一把雙面刃，我也說過。但現在的你並・不・需・要・它。」

氣氛變得嚴肅了起來。

「後繼者，那個並不屬於你我原本『異能』的力量——『追憶』，有能力拯救世界，卻也足以完完全全毀掉你所愛的一切。」

「我知道，你說過。」

少年像上次一樣燃起了掌心的溫和紅火。「而這也是我想說的重點。你無法駕馭它，也不要試圖去駕馭它。」

赤紅的能量流『啪』地一聲合於他的拳頭中。

「不然，你會被反噬的。」

我吞了吞口水。

「好啦。」少年搓了搓手。「那第二個問題呢？」

此時，空間突然迸裂多重閃光，更多更大的裂縫撕開了我們身處的空間，風勢逐漸增強，一段段回憶滲入，就像要把我們都吸進別的地方一樣。

少年不禁嘀咕了聲「啊糟糕」，催促著我把剩下的疑問吐出來。

我快速整理頭緒。「那、那我想知道的是，關於內戰……如果碰上了兩方意見不合的陣營彼此不得不交戰的時候，該怎麼做才能停止戰爭呢？因為我記得……你們**那時候**也是如此吧？」

「看來有人告訴過你那段不為人知的歷史了呢。」少年苦澀地笑出聲。
心臟劇痛了一瞬間。確實是白石櫻對我闡述了這麼一段「往事」。
「但過程你毋須知道，就簡單來說吧——『擒賊先擒王』。」
我想了一番……「就，這樣，一句俗語？」
「對。」
「呃。」
「有時候事情不用想得那麼複雜啦！」
少年露出鮮少見到的為難表情抓了抓臉。
「我不知道你那邊究竟發生了什麼。但只要讓那個與你為敵的陣營的『王』投降、或是將其斬除，那麼，要解決事情就會變得容易得多。」
不需要特別的戰術、不用繁複的設局。
簡單的套路就是答案。我似乎想通了些什麼。
「好吧，我想我大概瞭解了。」
而後他又垂下了眼說：「這是……**我們**當初來不及做到的事情。」
裂痕再度擴大，風壓已經大到快要穩不住身體。
「時限到了呢。」
眼瞳缺乏光輝的少年平靜說道。
「總有一天你會明白你的過往與未來。而直到那天之前，就好好加油吧！」

「那！」為了壓過風的阻礙，我大喊。「還能再跟你說上話嗎!?」
「我可是已消失的死人呀！」
亂流之中，裂隙之前，彷彿可以看到他揚起嘴角的道別。
「希望我們不用再見面，後繼者呦!!」

強光填滿了空氣。

††

「嚇啊！哈！哈……」
「唔呀——！」
認真？每次我從什麼地方醒來都要有人在旁邊驚聲尖叫嗎？
「亞克，你嚇到紗兒小姐了。」
「沒、沒有！是我太靠近了，我的錯。」紗兒連忙解釋。
「……沒關係，現在怎麼回事？」
我左顧右盼，看起來是已經到了天上山公園的纜車站。一陣冷冽的清風吹來，比起下面的湖畔涼意，又增添了一點山林的氣息。
「你剛剛，昏過去了。在纜車裡。」

「我大概有想到……多久？」

「兩分鐘而已。」白石櫻遮著嘴。「纜車一上來，我和紗兒小姐就把你，拖出來了。順便暫時切斷了纜車的，運作電源。」

「那真是多謝了。」

我安撫紗兒要她別擔心，隨後又問：

「說起來，妳在偷笑吧，白石。」

「我有嗎？」看不見她的嘴型。

「……………………」

「為了讓他們上不了車，是我讓纜車，又停又加速的。」

雖然知道她判斷沒錯，但總有一天我一定要把她丟進湖裡試試。

「我沒煞住車的話，就是新宿撞站2・0囉？」白石櫻竟然記得我們在東京都列車作戰的狼狽樣。

「妳……妳別說了，紳士的尊嚴不允許我打女人。」

「啊啦，那真是辛苦你了。」

「亞克，不能亂打人！」

（怎麼連妳都是站在她那邊的，小姐!?）

某種意義上完全處於情勢不利的狀況，我扛著還有點暈的腦袋起身。白石櫻伸手把我拉起來，我這才稍微原諒她方才的惡言惡行。

稍微，稍微而已。

「然後，亞克，有人急者想要你，接電話。」

僵直了一下，我馬上開啟通訊器，維特的聲音從另一端傳來：

『亞克？亞克！你那邊順利嗎？』

「啊啊，我沒事。暫時是拖住了保守派那些人。你和其他人呢？」

『才推了一層樓。』琴羽加入通訊，『上方還滿是敵人，現在怎麼辦？』

其他還在基地奮戰的夥伴正處於嘈雜的環境，槍聲與士官們嚷嚷的叫喊聲在背景不斷喧譁。

正當我還在把剛撞壞的大腦接上線，維特搶先回答了：『這部分應該有解方了。小雪她，把情勢分析完成了。』

隨後，同為分析官的他補了一句：『——**百分之百**準確率。』

（沒有誤差，執行成功率百分之百——！）

「讓小雪接上線，席奈如果支得開身的話也一起！」

『收到。』

「亞克，百分之百的準確率是……？」紗兒疑惑地歪了頭。

我直率地微笑。「等會兒就知道了。」

沒過幾秒，終於完成了長時間分析的小雪與通訊同步。

暫且把前線交給其他小隊，在眾人的側耳聆聽下，與平時個性截然不同的冷靜聲調——可說是到了冷淡的地步，從耳機裝置傳來。

『那麼，由我來進行說明。』

根本不像小雪的平靜嗓音娓娓道來：

『現狀下，我們最主要的目的，是將保守派一網打盡。』

——和陳局長最一開始的作戰方針一致。

『而首先要知道的是，保守派的兩大目標：第一，確認織田司令的死亡；第二，基圍堵正在天上山公園待命的亞克、白石櫻與紗兒三人。只要最高指揮官不在了，基地便任他們掌控；同時，將最大的不穩定因素，也就是持有「異能」的三位一口氣剷除，便會是他們的勝利。』

「兩個目標都必須做到嗎？」

『失其一則劣勢，失其二則敗北。』

「好，請接下去說。」

『那麼，我繼續往下說明。』小雪語句不帶猶疑，『為了化解現在的僵局，請各位在接下來的十三分鐘內分頭行動。陳局長率領一支五人小隊，至織田司令的病房充當誘餌。四人埋伏門口兩側、一人在對面病房埋伏，局長本人請保持在病床前。保守派將有一組三人小隊於八分鐘後抵達病房企圖刺殺。』

『好。』

二、三隊還活著的跟我來——在背景可以聽到陳局長迅速指示後離去。

在小雪講完之前，我們所有人都開始了電子錶上的倒數計時。

設定，七百八十秒。

『琴羽和維特，請兩位重新壓制指揮中心。三樓右邊數來第二個房間會有友軍協助戰鬥，四樓樓梯口有一組交戰中的特災局幹員、指揮中心內部已有兩位臥底隨時準備當場支援，請依序與他們會合，另外三樓距樓梯口走廊十公尺距離有一組保守派，四人，請小心。』

「咦，小雪前輩怎麼知道……？」

『我駭入了基地的監視系統，加上內戰發生前所有基地內人員的部署與後續行蹤、移動模式推算出來的。』

「好、好厲害！」

「過獎了。」

頭一次感受到小雪「專業」的紗兒頻頻驚嘆。

琴羽隨即確認，『我們收到了。壓制指揮中心之後呢？』

『行動時間推估需要十分鐘，請在壓制完成兩分鐘後向天上山公園纜車站前方空地發射飛彈。座標 362 - 691。』

「欸？咦？飛、飛彈!?」

『瞭解了，我們這就行動。』

琴羽跟維特溝通一陣後，也隨即離開通訊。

『席奈。請你率領所有可用的特災局人員，十分鐘後抵達御坂道的景觀纜車入口，進行包夾並斷絕後路。入口處會有保守派留守，請確實壓制。』

『欸～晚一分早一分都不行嗎？』

『不行，請**準時**到點。』

『好，好，我這就去～！』

剩下我們幾個還在纜車站內細聽。雖然我和白石櫻可能「習慣了」，但紗兒顯然還一副似懂非懂的模樣來回歪著頭。

（這也難怪啊。）

『最後，亞克、白石櫻、紗兒，請各位在山上拖延十分鐘。保守派的成員預計五分鐘內將恢復纜車線路的供電系統、四分鐘後將抵達各位所在的高度。直到飛彈準確命中座標前，請堅持住。』

「這樣一說，我們得……後退吧？」

飛彈轟炸的威力可不是戳爆小氣球那麼簡單啊。

在「專注模式」下思考的小雪，難得頓了一下：

『……是。請記得稍微後退。』

「別忘了計算這種可能弄死我們的事啊。」

不過，這就是小雪的「情勢分析」。

只有她做得到。

綜合所有能入手的情報、並利用這些情報去精準的推測下一秒、下一分鐘、下一片戰場所會發生的衝突，同時，評估現有的人力物力資源，在時限內分工合作完成各自的任務，再讓這些任務的結果創造出風險最低的狀況——

然後，以百分之百的成功率達成目的。

對我們來說，這可能是一場攸關重大未來的戰爭；

對她來說，這只是一場已經用大腦計算完畢的棋盤遊戲。

而這場遊戲的勝負，打從一・開・始・就決定了。

『還有最後一件事，亞克。』

「請說。」

『理論上來講，離現在九分鐘後，基地便已完成壓制及保全，飛彈也會落下，並且席奈的隊伍已經完成包夾。到時候，請亞克親自——**擊斃**保守派的領導者，伊藤徹。』

「這是必要的嗎？」

『這是必要的。』

敵方的「王」必須被斬除——與少年的建議一樣。

這下就更不需要躊躇了。

「簡單來說，我們要在確保基地控制權的同時，擊斃伊藤徹，熄滅任何保守派想再次反抗的念頭嗎？」

『是的。』小雪答道。

「收到了。感謝妳，小雪。」

『不會……不……欸，我、我我我怎麼，剛剛發生什麼事了？？』

小雪的「時限」也到了呢。

理解情況的白石櫻笑了笑。「『人格』應是換回來了。」

「欸，人、人格？」另一頭的小雪對剛才自己大顯身手沒留下什麼記憶。

「總之啦，妳做得很好，去稍微休息吧。」

「呃，欸？好……好，那，我就先把通訊中斷了，作戰請小心！」

「我們會的，就快結束了。」

『嘟』的一聲，通訊的電流噪音散去。

紗兒似乎還是有點疑惑地看著我：

「剛剛那些……就是小雪前輩的作戰計畫嗎？」

我肯定說道：「沒錯，那是我們接下來該做的所有事情了。」

「為什麼大家都沒有對作戰有特別的疑問呢？」

「因為，」想起過往的那些戰鬥經歷，我懷念地笑了。

「我們會給予我們的夥伴無條件的信任。」

一人便足以達到左右戰局的影響力，這就是第一組的這名「天才量子電腦」令人生畏的原因。

也是為什麼與她熟識的我們，都如此**相信**她的緣由。

「這點，妳也可以多學學。一定會有用處的。」

我溫柔地提點，而她似乎也聽懂了我話中的含意點點頭。

錶上的時間倒數至了七分零四秒。

迎著涼風，我走到纜車站外緊靠山緣的草地上。陰沉的積雨雲之中，透出了數縷白金色的陽光，悠悠環抱群山。給那雪之女王的裙襬，滋潤了更加柔和而雪白的壯麗美感。

從這個角度，可以清楚瞭望底下看似平和的河口湖鎮，一路連接到注視著天地的富士山。

路徑中間，櫻花的粉與大地的綠點點盛開。

然而陰雲還未完全散去。

紗兒與白石櫻走至我兩旁，湖泊山林的景色與我們對視。

「亞克。」

空氣依然冷冽但清新，少女撩起了被清風撫順的白髮。

「我們在這場戰鬥中……已經**殺人**了對吧？」

「嗯。」

「已經無法回頭了嗎？」

「我們人類犯下的錯，就是這個模樣的。」

當然，從古至今，人類在自相殘殺的同時，也都一直在警惕著不要再度相殺、希冀不要再有戰爭。

但有時候，錯誤來得突然，衝突無可避免。

這是我們咎由自取。

「是嗎……………」

紗兒無奈又悲愴地低下了頭，深吸了口氣。

「我……會努力的。」

她的心情依舊起伏不定，右手顫抖地在胸前緊握。

「想努力，就先撐完這場仗吧。」

白石櫻隨聲附和，我也持續望著廣闊的天地之景。

她說得沒錯。

「要做的事情都已經決定了。接下來，就是等待了。」

雙方開戰時，真的沒想過會如此唐突、如此草率地，就準備要迎來尾聲。在小雪完美掌控之下的轉勢，稍後「我們這邊」的「作戰」，甚至可能無法稱得上是作戰。

就是等敵人集結、飛彈落下。而我，靠著速度取下伊藤徹的首級。

一切將在數秒之內結束，同時，也是純粹地——冷血殺人。

山下的纜車線路已經重新啟動，我拉著其他兩人退了幾步，靜靜等待。

而這等待並沒有耗費太久。

『我這邊搞定了。織田中將健在。』

『琴羽，已就位。』

『席奈，就位~』

『飛彈發射準備就緒，兩分鐘後實施射擊。』

一如小雪預期，任務全數成功完成。

「先說好，我，不會出手攻擊的哦。」

白石櫻斜眼看過來，我挑了挑眉回應。

「收到了。亞克，已經就定位。」

語畢的同時，『踢踢躂躂』的腳步聲交疊，我們面前的纜車站衝出了眾多服裝一致、全都在肩膀上綁著紅色布條的自衛官。見我們不進攻也不逃走，帶頭的軍官便下令將所有槍口對準了我們。

眼前除了白雪綠地的遠景，就是無數漆黑的殺意。

下令的男人——伊藤徹對於我們的情境，露出了深深的笑容：

「真是狼狽的模樣啊，亞克中校。」

不過，也該是時候拿出嘴上絕活了。

「人數上有利，因此就大言不慚了嗎？」

「這是事實不是嗎？」伊藤徹撇撇嘴。「三對二十六，數字很清楚。」

「我還記得怎麼數數。」

「那你要不要再數數看自己身上有幾把槍？」

「一把手槍，三個人，還有後頭小小破破的神社。」

我豎起拇指比了比身後。

「這，還不狼狽？」

「狼狽啊，很該死的狼狽。」我誇張地攤手。「不過沒你們『愚蠢』。」

「愚蠢？哼，我看你還能放話到什麼時候。」

「講話真是一夜之間就變得犀利許多啊，伊藤。」

「說實在假惺惺地善待你們，演得還挺累的。」

「想解脫了？」

「先想想自己要如何『解脫』吧。這種狀況，你們逃得掉？」

我故意左右看了看，確實，兩側都是被欄杆圍住的山壁野林。

「嗯……也許吧，我們可還有那些『能力』。」

伊藤徹笑了出來。「哈！那些奇怪的能力嗎？當自己是英雄電影裡的超級士兵？我以為你的那些都只是閃亮亮的燈光秀罷了。」

「這些『燈光秀』可遠比你想像的還要有料。」

「那也得端看你能不能活到那時候給我好好表演了。」

伊藤徹慢動作舉起了手槍，遠遠地對準我的人頭。

「把**它**——把那個人造人交出來，我或許會考慮幫你建個墳墓。」

紗兒半身縮到了我的影子後，但依然厭惡地回瞪眼前的惡黨。

「那……如果我拒絕呢？」

「我可以把你轟得稀巴爛。」

——無情的槍口依然環繞孤伶的三人。

「噢，說到轟得稀巴爛，也許你們也可以嚐嚐。」

「你說什麼？」

「果然還是很愚蠢啊，伊藤。」

山風依然清冷高傲。

我也跟著笑了。

「我可能沒有什麼超級士兵血清、也沒有富豪般的科技力，更沒有我配不上的雷神之錘可以揮來揮去。」

『——飛彈已發射。』

「不過我有的是……」

天際的破風聲傳來。

「對上**你們人類**，未嘗敗績的夥伴們。」

電子錶的倒數在零分零秒，準時停住。

我右腳一步飛退，紗兒和白石櫻則反之向前一滑，兩兩呼喚了『異能』的形體，合力張開由能量湧流構成的防護罩。紫羅蘭色的電光飛竄，同時，視野斜上方的灰藍天空，三枚飛彈以肉眼來不及追蹤的速度落下——

落點，正巧在瞠目結舌的保守派們的頭頂。

『轟磅————！！！』

一聲巨響，震撼了平靜的天上山公園，鳥群紛紛嚇離了它們的棲息處。
閃焰高升於冷空之中。
熾火爬行於草皮之上。
剛好避開爆炸範圍的纜車站，目睹著擠成一團的保守派被震波轟飛。有離著彈點太近的倒楣人、有衣服被火舌吻上的人、有被轟飛後摔落致死的人。
戰爭是冷酷無情的。
但我無暇再被這種大道理干擾。
確定爆炸的餘波結束，我快步衝出防護罩、左輪上膛，揮開還在燃燒的火焰，直達某個倒地掙扎的軀體旁。
在地上掙扎的男人，幸運地並沒有太多外在出血損傷。
他僅是對於眼前地獄般的景象感到困惑。
「你們……做了……什麼……？」
「**什麼都沒做**。」我冷冷回答。「就只是戰爭的常・態・而已。」
他抬起頭，聽見自己著火的同伴高聲慘叫。
「為了，那個危險的力量……簡直……泯沒了良心……」
「是啊。毫無良心。就像你們一樣。」
做過的事情，無法再回頭。
我『喀答』地抬起左輪。

「——這場仗，是你們輸了，伊藤。」

子彈擊發。

那是河口湖的最後一聲槍響。

【第四章】　次面升溫

「這些……」

「比想像中的還慘吶。」

晚冬照映的湖畔，街道與房屋千瘡百孔。

在前天短短一日的紛亂過後，除了基地總部內多處被嚴重癱瘓的設施，擴及基地周遭幾十條街的住宅區、糧食配給處與商家，雖然不至於嚴重毀損，但各個都感覺如剛遭到了竊案一樣的現場。

玻璃碎的碎、燈具壞的壞。彈孔布滿磚瓦與木造房屋的牆上。

沒有無辜民眾傷亡，已經是不幸中的萬幸。

也幸好受災範圍沒有達到西半部建滿研究設施與維生機構的地底新都那麼遠，不然恐怕整個城鎮重要的電力供給都將遭逢危機。

我帶著紗兒巡視重建工程，有太多地方亟需修補與建造。

「沒想到我和白石小姐在山上的時候，發生了這麼多事。」

「嗯。何況，這還不是**真正的問題**。」

我望著幾片碎了一地的落地窗嘆息。

「亞克，這附近住的人……是不是更多一點？」紗兒問道。

「因為五年前就徵收了這片區域的民宿、旅館做為避難者的收留處使用，所以確實是有不少人都住這兒。」

有責任維護整個河口湖安全的三軍總基地，據點距離車站頗近。附近都是原本的旅店、紀念品商店等後來用作民生場所的建築。比起環湖的其他建築群落，這裡的人口密集度算是最高的。

而把戰鬥帶出基地、帶至這裡……

居民們不可能輕易接受。

「所以這裡的人們……」

「沒有人受重傷。」我打斷紗兒。「只是接下來一陣子，生活上會比較不方便而已。」

「但是，感覺……」

紗兒抓著我的手，戰戰兢兢地走著。

亂糟糟的戶外除了特災局派出、正在進行修繕工程的人員以外，沒什麼居民出來走動。

不少雙眼睛從室內瞪視而來。

我們愈是持續前進，就愈能感受到人們不滿的心聲。

——你們害我們的生活被打亂了。

——好好的和平卻因為軍人起內鬨而沒了。

——你們要如何補償我們的損失？
——這就是這個世界之中頹敗的「政府」嗎？

抓著我的手突然放開，停在了原地。
「是我……對吧。」
「什麼？」
「是我，造成了這一切。」
她在說什麼？
「如果不是我，大家就不必爭來爭去；如果不是我，自衛隊和前輩的大家也不需要戰鬥；如果沒・有・我，前幾天那些事，都不會發生。」
紗兒和我隔了一段距離。
任憑湖邊帶來潮濕的冷風吹擺身上的襯裙。
「鎮民們也不會……對我們投以怨恨的眼光了。」
紗兒沒有哭泣。
我也沒有說話。
「我好想念，以前的時光……」
她抬頭望著天空。迷茫的藍。
「那時候，只要擔心無人機會不會闖進來、早餐午餐晚餐吃什麼、電夠不夠用、亞克會不會教我新知識……每一天，都過得滿快樂的。」紗兒語帶哽咽。「現在則要擔心我會不會給大家添麻煩、我會不會在戰鬥中變拖油瓶、我會不會害大家吵起來、我的身分會不會…………不適合這裡。」

紗兒形影相弔而迷失自我的樣子，與過去那個**金髮的身影**重疊。

「吶，亞克。」

不知道是外在的天冷，還是內在的心寒。紗兒抱緊了自己的身軀顫抖著。

「……難道人與人之間的對立，都只能，以**這種方式**收場嗎？」

這回，頭低下來的少女，從眼角滑下了淚珠。

「……都只能…………這樣子……」

——我想讓自己堅強一些。

「紗兒。」我試圖安慰。「抱歉，這麼晚才讓妳看到，這個世界的一些……殘酷的面向。但也並非都是這樣的。」

我一時語塞，找不出更多的話語安慰還太年輕的她。

更難以回應，曾經立志隨即再度破滅的堅強願望。

（人人爭鬥，是為了什麼？）

是啊，這我自己都想問。

然而能給出答案的，往往只有鬥爭過後血淋淋的結果。

「紗兒，這並不是妳的錯。」

「難道不是嗎！！」

她突然的大喊使我愣住，隨即粗魯地擦了擦淚說道：

「不是……嗎？因為我這個『只有一半是人類』的身體。」

「紗兒，這只是那些人為了自己的慾望而造成的罷了。」

我們確實相互引起了這場小小的戰爭、確實造成了動亂，甚至，殺了人。

但我內心冷血的那一塊將這些全盤接受並試圖彌補了。

然而對紗兒來說，一名沒見過多少世面的十幾歲少女，見到這無序的一切後，必會感到不解、感到恐慌。

甚至感到噁心。

然後，把責任都加諸自己身上。

我伸出手相勸。「這不是妳的責任。我們可以一起承擔的。」

「…………」紗兒沉默不語。

我不願想像她再也聽不進安慰與勸告。

「妳不需要……感到自責。」

戰亂後的街道，被寒風吹出了冷清的味道。

許久之後，紗兒終於細聲開口。

語調已然失去了活潑的暖色調。

「原來，這個世界並不是想像中的那麼美麗。」

††

我在走廊上和琴羽碰面，許多人正為了戰亂後的平復工作忙進忙出。

「亞克，你來了。」

「工作進行得如何了？」

「很難說啊，還有太多要處理的了。」

「保守派目前的狀況呢？」

「在你擊斃伊藤徹後，其他交戰中的保守派便失去了繼續打鬥的意願，紛紛被我方所制伏。」琴羽揉了揉太陽穴。「目前已知的都已經以叛亂罪的名義關押入牢、那幾個前些日子逃出去的自衛官也被抓獲。」

「那至少目前是已經禁止了他們的行動了。」

「等哪天世界重新有了法院再來好好問罪吧。」

那天，我親手了結伊藤徹的生命。

「始作俑者」，發起這一切紛亂的重要領導人物死去後，意識到大勢已去的保守派們棄械投降，躲在城裡的也一個接一個被搜了出來。
接續在紗兒與白石櫻的綁架案之後，保守派又犯下不可饒恕的行為，因而受到了防衛軍高層極度嚴厲的檢視。他們立即下令搜查所有人的資歷、盡可能清剿剩下的可疑分子。
正如陳局長的計謀，這一次，惡人將被一網打盡。
但後續的影響與代價卻也不容小覷。
「對了，我剛剛去看了一下街上的重建工作。」
「喔。想必有不少居民不滿的吧。」
「嘛，感覺是這樣沒錯……」
我們彼此都嘆了口氣。
「唉，雖然有試圖安撫過大家的情緒了……但我們身為保護他們的人、卻造成這麼大的破壞，沒被戰爭罪起訴就該偷笑了。」
「他們現在肯定對我們這些『軍人』很不信任吧。」
「只是敷衍地告訴民眾們『已經沒事了』，根本無濟於事。」琴羽說。
「大概只能靠時間去慢慢沖淡了。」
這確實也無可奈何。
原本就是一個在末日後碩果僅存的安穩避難所了，如今又害整座城市陷入動盪、你爭我奪。

和平根基已經岌岌可危。

「在大災變過後，人們還要這樣爭鬥，真是諷刺。」

我補了一句。

回想起那場災變。末日浩劫般的景象中，我們失去了一切。許多人失去了親人、失去了朋友、失去了自己的家園……失去了人類自古以來在「食物鏈」上的地位。

五年後依然倖存的我們，都在試圖放下過去並適應新的世界。

然而自大與意外，仍舊招致了這樣的結果。

「琴羽，其實我一直都在想，有沒有辦法重新改過。」

「重新改過？」

「這一切……要不是我把**她**一起帶了回來，這一切就不會發生了。我們都還會好好地訓練、好好地合作、好好地試著生存。」

我遲了半會兒，才愕然對於有這種想法的自己感到可恨。

（這不是又將責任怪到紗兒頭上了嗎！）

琴羽並未馬上正面回話。

可能也是在顧慮我的心境吧。

「亞克。」

我深深將指甲掐進手掌之中，直到琴羽輕輕碰了我的肩頭。

「世界變了。沒有人能夠回到過去，我們能做的，就是盡力而為。」

她那雙漂亮的紫瞳認真地對著我說：
「我們只能盡力而為。」
琴羽的語氣堅定，我也才慢慢放鬆了握拳的力道。
「妳說得沒錯。盡力而為吧。」
「是是是，所以快挺起胸膛。現在這種事變發生後，局內充滿了各種猜忌與要清理掉可疑份子的風聲，還輪不到給你失意的時間呢。」
她拍了拍我的肩膀，猶如成熟的大姊般試圖讓我放下心事。
「琴羽妳……是不是變冷靜許多了？」
「嗯？冷靜？」
「就是妳五年前單獨跟我說話時，好像常常口吃吧？」
琴羽先是疑惑了一下，接著臉上跑出了輕微的紅暈。
「我，欸？沒、沒有啊，怎怎怎麼會呢？」
「啊，那，好吧，當我沒說。」
眼前明顯的慌亂讓我不忍心繼續吐槽她。
「你你你你你……！」
琴羽似乎想指責我什麼，但在這樣下去就連我都感覺她會咬到舌頭，最後還是作罷並換了個話題：
「噢對！紗兒人呢，平時都看她跟著你的。」

「她……先回宿舍去了。」看琴羽抛來詢問的目光，我只好誠實以告。「在這場戰亂後她又想了一些事情，要我說實話就是……紗兒現在**很不穩定**。」

「她又在想自己的身分的事了嗎？」

琴羽大致猜中了紗兒情緒低落的原因。

「嗯。我覺得她很難……再堅強起來。」

那時，望進遠方地平線的紗兒神情複雜。

她與我之間彷彿隔了一層冰壁。

而那纖細的話語是如此深沉、痛苦、迷茫、脆弱。

「我現在不太知道有什麼辦法可以讓她完全『接納』自己。」

——那就讓內心冷血的那一塊發揮最後的用處吧。

不知道是哪來的聲音，深刻地刺進我的腦海之中。

（發揮……最後的用處？）

雖說不太了解，但這一句似乎敲醒了我混沌的思路。

還來不及找到那謎一樣的「心聲」所給的解答，在聽了我的話之後沉下頭思索很久的琴羽，抬起嚴肅、甚至有些怒意的眼神向我說道：

「有時候，我們需要一點必・要・之・惡，亞克。」

向來擁有出色戰略的第一組決議長緩緩道出：

「還記得白石她是怎麼利用手段的嗎？」

††

夜晚。「我」一個人待在宿舍中。

白天被亞克帶去看了城鎮的慘況，深深地烙印在記憶裡頭。

而這也使得外頭澄澈的夜景，在「我」眼中也變得黯然。

街道不該被破壞。

人們不該受苦。

只要「我」沒有出現在這個地方。

「這一切都是不對的……」

我把腳縮到床上，蜷曲身子抱著膝，朝一無所有的空氣發呆。

我曾跟亞克說過我要堅強。我會堅強。

自從在五年前的那座廢墟石堆之中給我救贖後，總是他在無微不至地照顧我。做飯給我吃、教導我讀文寫字；陪著我去外頭走走、讓我學會戰鬥。

所以來到這裡後，就算知道了自己「不是一般人」，我還是想試試看——

試著讓自己「變強」。

跟亞克認識的那群前輩們認識，並且再次受到了家人般的關心；同時還有白石小姐的幫忙。雖說表面上比較冷淡，不過其實是個溫柔的好人。

還遇到了好多好多。

認識了更多更多。

但是，在那一切之後——

憎惡。

悲愴。

貪慾。

失去。

我已經愈來愈搞不懂自己。

我是他們的夥伴？還是，他們恨不得丟掉的「麻煩東西」？

甚至就算我想，也難以從以前那次曾在「異能」中見到的紅髮女孩那邊得到答案。我想了解更多關於我自己、關於所謂「人造人」的「自我」、關於我這個常常暴走的能力的事情。

但我卻不知道如何再次見到那虛無縹緲的身影。

也許，見到了也沒用吧。

「對不起，亞克……」

抱歉給了你我大概做不到的自私願望。

都是我的錯。

這樣的我，**不值得大家信任與愛護**。

我將頭埋進雙膝之中，任憑自己陷於低潮的虛空之中。正當我頭腦還一片白茫，

宿舍的門『唰』地一聲滑動。

亞克走了進來轉頭望了望，隨即發現了我。

（是想來勸說我的嗎……？）

可以的話，我不想讓亞克失望。

不想讓陪伴在我身旁、**離我最近**的他，感到難受。

但只怕現在的我已經失去了方向，什麼都無法聽進。

——我甚至在離去前，跟他說了這個世界原來……

「紗兒。」

亞克輕聲地叫喚我的名字。

我抬起頭，但我知道我的臉龐在他眼裡彷彿是附了層薄冰。

不過他沒有坐下來、或是開始長篇大論。

而是朝我伸出了手。

「跟我去一個地方。」

「欸……？這、這麼晚的時候嗎？」

「嗯。」亞克勉強擠出笑容。「琴羽她……想給妳看個東西。」

「……但是我有點累了。」

「一下子就好。」

伸出的手仍然停在原地。我知道我抗拒不了亞克，內心也不想要一直拒絕他。隔了好久之後，我躊躇地將手搭上他的手心。

五年以來，這雙粗糙的手一直都是如此溫暖。

而我卻無法回應這份溫暖的期待。

「謝謝。」不知為何，亞克短短地說道。

他牽著我的手走出了宿舍區域。

時節已經快要走出了冬季，晚風相當沁涼。我被輕輕地牽著，靜靜地在長廊上交錯踏出靴子的聲響。

這樣的夜晚，雖然還沒有在臺灣時候來得習慣，但卻很舒適。

在這裡感受不到廢都的瘴氣，只有自然的氣息隨風而來。

途中，我和亞克都沒有說過任何一句話。

不知道走了多久，我們終於來到一個靠基地邊緣的倉庫。

「亞克，這裡是？」

他沒有回答，而是將我拉至了門前。倉庫是相當老的水泥建築，門把也是舊式一轉即開的種類。

『嘎吱』的生鏽聲響使我耳疼，鐵製門扉移開的內部景象，是一片漆黑。

我們兩個的影子長長地映進門內。

空間似乎相當寬大，沒有想像中堆滿雜物的壅塞感。

我瞇起眼試圖看清。「好黑……」

「紗兒。」

不知不覺間，亞克已經放開了我的手站到門外。

「亞……克？」我回過頭。

「抱歉，紗兒。」

至今為止，我從來沒見過亞克露出這種表情。

那是——毫不在乎，甚至沒有殺意、沒有嘲諷、沒有任何感情……

深不見底的冷血眼神。

他粗暴地將我一把推倒，在我還來不及意識到以前，鐵門已經將我倒地之處重新封閉成了僅有黑暗的孤立空間。

（……）

欸，剛剛是怎麼回事？

「你怎麼……會把我……」

我艱難地起身走到了門前。

「亞克……放我出去。」

顫抖的氣音在空氣中化成一團冷霧。

「放、放我出去！」

我雙手大力敲上了門，不相信他會做出這種事。

「亞克？亞克！亞克！」

沒人回應。

連一點移動的氣息都沒有。

我更用力地捶打門板。「亞克，快來救……」

「不會有人來救妳的。」

背後的黑暗之中，熟悉卻不再親近的聲線傳來。

再次地，我轉回了頭。

黑暗之中點出了一盞光明，琴羽提著煤油燈出現在我面前。

「琴、琴羽前輩，聽我說，亞克他不知道為什麼把我關……起……」

因為角度的關係，煤氣燈無法照到琴羽的整個面容。然而，那從半遮的頭髮下透出的眼神……

是冷冰的怒氣與殺意。

沒過半刻，閃著純黑凶光的槍口抵住了我的額頭。

我愈來愈不能理解。「琴……琴羽前輩，這是做什麼？」

「要是……」

槍口抵著的觸感微微抖動。

「要是……要是……」

從她的唇齒之間，感受到了不斷累加的憤怒——

「要是**沒有妳**就好了！！！」

在我完全說不出話之際，煤氣燈已隨著響徹倉庫的怒喊被『啪啦』的一聲摔破於地，停不下來的連鎖反應在我和琴羽身旁燒出了一圈加熱空氣的紅焰，瞬間照亮了空無一物的倉庫。

琴羽空出的手扯住我的衣領，大聲咆哮：

「都是因為妳！都是因為妳來到了這裡，事情才會變成這個樣子！」

我對於這樣怒不可遏的大吼感到懼怕。

「如果亞克沒有把妳帶到這座城裡，他就不用受苦了！我們也不必那麼辛苦了！妳以為妳很特殊嗎，紗兒？妳只是一個複製人！一個從別人身上轉移過來的拷貝靈魂！！」熱氣持續上升。「而我們卻要為了妳，千辛萬苦保護妳！搶救妳！妳以為那些同胞的犧牲是為了什麼!?就是為了妳一個整天膽小怕生的小孩子！然後呢？然後呢？我們什麼都沒得到，還鬧出這麼大的戰亂！！」

彷彿是要呼應琴羽的怒氣，火焰狂放地舞動著。

「妳有看到那些居民的眼神了嗎？妳知道我們收到了多少抱怨嗎？妳根本不知道！因為妳覺得『只要妳有被保護就好了』，其他根本無所謂！」

「不是……琴羽前……我……」

「不是嗎！」領口被抓得更緊。「妳想說這根本不是妳的責任？妳就是個害死大家的人造人、一無是處的垃圾，這麼多人的死——**都是妳的錯！！**」

手槍緊抵我恐慌的心靈。「我……我………」

「妳就是這一切的罪魁禍首！」

——恐懼與不解在我的心中無限增生。

「要是妳不在這裡，該有多好！」

——眼淚完全無法克制地從眼眶流出。

「沒有妳的話，一切都不會發生了！！」

——氧氣逐漸被奪走令我快要窒息。

「不………不是……的………！」

——體內的某種能量正在急速增溫。

我感覺我的意識，還有某一條理智已經斷了線。
（啊啊…………）
好想吶喊。
好想大哭。
但無止盡的恐懼已經壓過了一切思考。
「要是……」琴羽重重地吸了口氣。
「——要是亞克沒有救過妳就好了！！！」
「啊啊啊啊啊啊啊啊啊啊啊啊啊啊啊啊啊啊！！！！！」
「異能」的靛藍強光完全蓋過了燃燒的烈焰。

††

啊，原來是這樣啊。
「異能」又失控了。
我就此躺倒在地，任隨時間流逝。
沒有昏過去、也沒有想起身的意思。

只是純粹的覺得，什麼都無・所・謂・了。

剛剛那個混亂的情境，先是來自亞克的背叛、再來是一片壓迫人的黑暗、而後是琴羽膨脹的恐怖情緒。

兩個我曾以為永遠都會支持我、陪伴我的人。

——要是沒有妳就好了！

冰冷的殺意以及漠不關心的態度。

「要是沒有我就好了……呢。」

也許這就是事實。

已經無所謂了。

意外地，方才還萬分驚恐的我，現在卻如同清空了心靈一樣，沒有憤怒、沒有悲傷、沒有懼怕……

只剩空空蕩蕩的情感。

以及脖子傳來的熟悉觸感。

——亞克當時送給我的，我很喜歡的絲帶。

「……也或許不重要了吧。」

我連眼皮都不想動一下，讓空間支配我這個人的存在。直到我漸漸覺得周遭的環境實在是太安靜了，才忍不住睜眼將光線重新納入視網膜。

一片純潔無瑕的白。

我倏忽撐起上半身，雙眼睜得老大。

眼前所見並非方才所處的倉庫，亦非熟悉的宿舍或治療人的醫護室，而是完完全全，不帶汙點的白色天地。

「這是……」

在最一開始引出「異能」的訓練時，所置身其中的空間。

我倉促地站起身，對於第二次落入這樣的場景感到訝異。

一般的話，就算是睡夢或主動使用「異能」，都不會來到這樣的空間。

那目前在「外面世界」的我怎麼了？昏過去了嗎？

我最後的記憶，就只有琴羽拿著槍深深抵著我，而我的「異能」再度脫離掌控而狂暴化……當時我的內心只有恐懼。

（然後就在這種狀態下昏迷……了？）

當我還在轉動貧乏的腦袋時，一個縹緲的人影映入我的眼簾。

那是個感覺隨時都會消逝的身影。

紅色的髮絲輕晃而過。

在引出體內能力的那一次、在直升機上被抓走並意識近乎昏厥的那一次，那個代表「異能」的影子都是如此熟悉，而又遙遠虛幻。

——也是我一直想再見一次的那個，佇立於荒雪中的女孩。

我怔怔望著白色空間中的那一點紅，女孩側過了頭，對我微笑。

隨即離我遠去。

「等、等等！」

我跑了起來，試圖追上那個身影。視界裡盡是白色的地面，沒有路標、沒有其他物件，難以掌握自己與紅髮女孩的距離。

只能不斷地追著那道身影。

不知道追了多遠，終於，她停了下來。

我看見她又微微側過了頭，小小的嘴唇似乎在向我傳達些什麼。

——跟過來吧。

無聲的一句話後，她隱沒到了純白之內。

「——？」

我趕緊向前查看她剛剛消失的位置，在即將「碰壁」之際霎然停步。因為毫無反光的關係。「牆壁」就如液體一樣融進了景象之中。

小心翼翼地伸出手，我馬上感覺到了薄霧一般的飄柔觸感。

穿透其中的手，得知了在這面白壁之後，還有另一個「空間」。

「妳，在這後面嗎？」

我朝著空氣提問。依然是一片沉寂。

我吞了吞口水，鼓起勇氣奮力向前一踏——

穿過了虛幻白壁的後方，一腳踏進了積雪之中。

睜眼所見的場景換成了正落下點點細雪的枯木森林。

也是過往第一次，見到紅髮女孩的地方。

而**她**，就站在那裡。正對著我。

這是我第一次得以好好看清她的長相。

和我一樣紮成一束的長馬尾、稚嫩的臉蛋以及幾乎與我同高的身形；雖然在這個空間感受不到寒冷，卻披著厚重的斗篷迎合白雪的景色。斗篷下的皮革束甲則凸顯了她細小的腰身，包覆著說不上是現代還是中世紀款式的洋裝。

那雙和亞克別無二致的漂亮紅瞳直勾勾地看著我。

「妳，是來找我的嗎？」

女孩掛著輕柔的微笑問道。

「呃，嗯……是、是吧。請問妳到底是……」

「我是記憶裡的殘像哦。」

「殘……像？」

「現在妳所看到的我，既在這裡，也不在這裡；是能夠與妳對話的意識體，但同時也僅是記憶的一部分。簡單來說，我已經……不在這個世上了。」

她就像已經洞悉一切般解釋著。

「妳上次……流血了。」

「上次嗎？啊呀，對不起對不起，讓妳看到那種悲慘的樣子。不過應該也是那時候妳的力量不足、無法以引出完整的『我』吧。」

「所以才只能看到記憶的殘像？」

「嗯嗯。」

我似乎也只能不斷地問問題。

應該說，有太多想問的了。

「那，妳也是……『異能』的持有者嗎？」

「說『**也是**』……哈哈，怪怪的呢。應該說，正因為我是一位『控靈使』，所以現在的妳也才會持有我的部分能力。」女孩好奇地觀察我。「不過妳好像……又不太一樣。」

她笑嘻嘻地將纖細的手臂負在背後。

「不・完・全・是『我』呢。」

——不完全。半個人類。

儘管知道她是無意的，但這句話依然刺痛了我。

「妳看起來，有心事？」

雙腳跟我一樣陷入雪地中的女孩如此問我。

「……算……有吧……」

「那，妳想跟我分享嗎？雖然不知道能不能幫上忙就是了。」

她吐了吐舌。這次所展現的「她」與那時悲傷、痛苦的形象大相逕庭。

（只能問問看了嗎……）

「我……我想問的是，妳會有這種困擾嗎？」

「哪……種？」她可愛地歪了歪頭。

「這種……欸？」

……我我我竟然忘了說問題最主要的核心！

「呃！就、就是，」我羞紅了臉。「妳，那個，曾因為自己跟別人『不一樣』而結果……造成了不好的結果嗎？像是害大家打了起來、讓其他人遭到不必要的痛苦，或是被……曾經最珍視妳的家人……拋棄……」

話語突然梗在了喉頭，身體像是終於想起什麼重要的自責感而跪倒在地。

很長一段時間，只有林間的寒風靜悄悄地在囈語。

「怪不得，我覺得妳好熟悉呢。」

紅髮下的她親暱地說出這句話。

「咦？」

「妳是我的『部分的部分』的感覺……唔，大概就是，四分之一吧。」女孩比了比。「但很大的一部分是來自於我那最珍貴的朋友，所以，很熟悉。」

隨後，她略顯沮喪地低下了頭：

「這可能也是，為什麼妳還保有那麼完整『力量』的原因吧。」
完整的……力量？
「妳的心事，我應該懂了。」
她緩緩地蹲下身。
「妳覺得妳的存在讓這個世界陷入不幸。」

——沒有妳的話一切就不會發生了！

「但是，並不是這樣的。」
溫柔的話語傳進我心中。
「妳很特別。特別到擁有足以影響世界命運的強大。但是呢，這並不表示妳需要因此而悲傷。」
「……可、可是，我害大家……」
「嗯，我能瞭解。大家跟妳說不是妳的錯，但妳還是很自責，對吧？不瞞妳說，我——我們也曾都是如此哦。」
女孩訴說著自己的記憶、自己的回憶，那些已經追不回的往事。
「只因為我擁有與生俱來的『異能』，就被其他人們認為是不一樣的、是不該存在的。雖然表面上和平相處，但我們被迫在歧視中生活數百年、被視為染病的『怪物』。我們曾經也無法接受這樣的**天賦**，但是啊——」

她看著自己的雙手，接著默默地握緊。

「——我們還是盡了最大的努力，好・好・活・著。」

對比我的陰沉落魄，她的臉龐和善，而充滿**希望**。

「因為我們沒有做錯什麼，我們只是和其他人稍有不同。然而，我們也不會因此而孤傲、因此而把其他人當作壞人。只要我們能……好好地生活就好。雖然最終是以相當慘烈的方式收場啦，但……」

女孩無奈地扭扭身子。

「我從來不後悔**我是我自己**。」

「我是……我自己？」

我抬起頭，才發現她眼中的我，正潸然淚下。

「是的。既然我無法改變自己的出身，那麼，就去改變自己的未來。」

身軀嬌小的女孩輕輕地將我拉入她瘦小的懷中。

「…………！」

「妳一定，也看過了很多痛苦吧？想必妳也試圖振作，提醒自己要變得堅強。然而在世界展現其殘酷的當下，妳沒有能力，繼續說服自己能夠『承受』。這是本能，是人感受『恐懼』的本能，我知道哦。」

她的身體緊靠著我說不出話的身軀，感同身受地安撫著傷痛。

「可是到了明天、後天，我們還是得活著。既然如此，就坦然接受吧——接受這個世界十分殘酷、而自己飽受煎熬的事實，拍拍臉，站起身面對。」

「可是……我還是好害怕……」

「害怕什麼？」

「害怕……那些曾對我很好的大家，剛剛都……想把我拋棄了……」

「嗯，我不太清楚『剛剛』的狀況。但我想，他們也不是故意的吧。他們只是，想讓妳靠著自己的力量，重新認定『自己』。」

女孩的字句之中，富含著難以言喻的溫暖力量。

「過去的自己、過去所曾做過的事，任誰都無法抹滅。但是，從今後開始，努力地去改變、努力地去讓人們重新認識妳、努力地去重視妳所愛以及愛著妳的人們。那妳所做過的這些事情，也絕對不會被大家忘記的。」

跟亞克安撫過我的話，好像。

輕脆卻柔軟的聲音緊抱著我，女孩雙手安慰我說道：

「所以說啊，不要再自責了。」

——不要再自己承擔一切了。

「不用再……自責嗎……？」

「嗯，對哦，不要總覺得是自己的錯。」

我吸了吸鼻子。「……這樣的我……可以嗎？」

「嗯。」

「異能」的碧藍光輝自她的體內顯現，如薔薇花開向外擴展。

柔軟，慈愛又溫順地包覆著我與她。

照亮了，我眼中剔透的淚水。

「**相信自己吧**。正如同，妳想相信我一樣。」

碩大的淚珠，順著重力落入了白雪之中。

大概是人生頭一次地，我釋放了所有情緒、所有痛苦——放聲大哭。

毫無克制地對著她、對著結霜的空氣哭喊。

霜雪靜靜地落下。

殘枝默默地抖動。

林風悄悄地吹送。

我在哭泣之後又接著哭泣，不斷地、再次地，失聲落淚。讓我依靠著的女孩也沒有說什麼，就這樣安靜地抱著我，直到我哭夠了為止。
紅腫著眼睛，我擦擦淚，從她的臂膀上輕力離開。
「嗚……抱歉，情緒有點……多了。」
「沒關係啦，但是可不要在妳喜歡的人面前這樣哭呀。」
我苦笑了一下，神奇的是，心情變輕鬆了許多。
「妳怎麼知道的？」
她以誠摯的笑容回應。「因為我也有這樣一個我所喜歡的哥哥嘛。」
見我心情平復了，她站起來拍了拍斗篷下襬，將我拉了起來。
「有幫上妳嗎？」
我回握那隻堅強的手，反推雪地起身。「有幫我找回自己了。」
「那可真是不錯。」
不知不覺間，風雪開始變大了起來。
「看起來，這對妳來說也會是一場虛幻的夢吧。」
女孩朝天空望著亂舞的白雪，感嘆說道。
「就算虛幻，我也不會忘記的。」
我如此應答。
通過林間的大氣劇動，空間彷彿隨時都會崩塌。
聽到我的回答，女孩再度笑了。

「謝謝。謝謝妳願意記得我、記得我們。」
她悄悄地放開我的手，後退幾步到了已經開始遮蔽視野的雪中。
那一瞬間，我覺得好捨不得。
但是，該結束的總會結束。
「對了，」女孩輕盈地轉了一圈。
臉上掛著我所看過最純真而善良的大大笑容。
「妳也使用過了，我的『異能』，很可愛吧？」
那笑容彷彿照耀了森林的冬雪。
這次好像沒有見到那些小白狐。
但是，我知道能在哪找到它們。
「嗯，很可愛。正跟妳一樣呢。」
「嘻嘻，妳也是！千萬不要辜負妳這可愛的臉——……」
往憶已成回聲。可愛而古老的女孩，幻影模糊於愈吹愈大的冰雪之中。
風雪劇烈無比，白茫的景色彷彿將她的頭髮也染了色。
我誠心地，對她的方向深深一鞠躬。

「——謝謝妳。」

††

聽到倉庫裡有什麼炸裂的聲響，而後又馬上回歸寂靜。我強忍住直接殺進去的衝動，等到餘波消散後才趕緊踹開門並把室內的光源打開。

「喂，琴羽，白石！沒事吧？」

「亞克……」

琴羽不知怎地有點欲哭無淚。

「怎麼了？有受到什麼傷嗎？」

「……當壞人，好難。」

「…………………」

「嗯，對，她顯然沒事。」

白石櫻將剛剛用來保護琴羽的「異能」解除，吸收了紗兒藍色能量波的粉櫻紛紛消散無蹤。

——稍早，琴羽和我一起去和白石櫻提出了瘋狂的想法。

也許甚至是有些過火的賭局。

在河口湖的悲慘戰役中，我得知了一項重要的訊息：

想要引出與「異能」的羈絆，也就是如同首次訓練時一樣，進入「那個空間」的話，需要一點助力。

也就是，在啟用「異能」的同時，要有恐懼、疑惑、緊張等強烈情感

並且，要讓自己的意識昏厥。

我不確定這誇張的理論是不是真的，畢竟「數據」就只有那麼一次。

更不確定的是，這樣的做法，會不會有**反效果**。

假使紗兒的「異能」幫不到她……

又如果紗兒回來後，心智更加脆弱……

那我肯定會一輩子責怪自己。

但是，反過來說，如果再不做點什麼，我也絕對會後悔。

在回憶中的那名少年，給了我重新思考的力量；那麼，紗兒那邊的那位已逝之人，應該也可以把她重新扶起來。

所以我和白石櫻提議了。

——讓琴羽當壞人去刺激紗兒。

——將所有紗兒畏懼的事情一口氣發洩。

——藉此達成「異能」的引出條件。

然後，最好，讓白石櫻保護琴羽不要被壯麗地炸飛。

要這麼做，我也於心不忍。

不過「必要之惡」恐怕是唯一的機會。

而想當然耳，這個行事瘋狂的女人，點頭了。

所以才演出了一場醜陋而差勁的假戲劇——

「說起來，妳跟我根本就是，同種人吧，琴羽。」

「如果妳是指當壞人利用紗兒的部分，那我接受……」

我插話追問。「紗兒……她如何了？」

紗兒正癱倒在琴羽腿上，從她閉著眼的表情看不出什麼情緒波動。

「目前是穩定下來了。」琴羽回道。「但是等她下次睜開眼，我們不知道結果會是如何。」

才剛說完，倒地的少女便緩緩露出了眼皮下的藍色瞳孔。

她的手指輕輕地動了動。

我語露欣喜。「——！紗兒，妳現在感覺如……」

紗兒的瞳孔瞇得極細。

上一秒還在沉睡狀態的少女在剎那間衝起身，以流暢的動作轉了個方向鎖定琴羽後迅速出手，雙臂固定住她的上半身並以可怕的蠻力扭身，把高了她一個頭的琴羽整個人摔了出去。

這力道的控制甚至沒有絲毫留情。

我和白石櫻都嚇在了原地。

琴羽毫無徵兆就被攻擊，勉強縮起身體減緩衝擊才不至於痛摔在水泥地上，但依然在受身後愕然地看向預兆全無就攻擊她的紗兒。

隨後，她更加錯愕。

紗兒在不知不覺間奪走了幾分鐘前抵著她的手槍。

槍口精準地對著琴羽的頭部。

泛著光的犀利眼神宛如緊盯獵物的饑渴狐狸。

「等等紗兒，冷靜下來！」

——完了，她剛醒來的心智以為是和敵人的交戰狀態！

白石櫻揮動著能量。「亞克，我可以讓她暈過去一……」

「等一下……！紗兒，紗兒，不要開槍，她不是妳的敵人。」

危險的槍口依然不讓琴羽有辦法動身分毫。

我舉起雙手，想要緩和紗兒的心緒。

她那眼睛裡的冷酷是我從未見過的。

（刺激過度成了反效果嗎？）

緊張的情況僵持了那麼幾十秒的時間。

終於，在紗兒慢慢開始正常喘氣、瞳孔放大回正常的大小，並皺眉疑惑自己為什麼拿槍指著自己的前輩後，我才知道狀況應該是解除了。

「我、我，剛剛，有做了什麼？」

我對琴羽使使眼色，她連忙安慰道：
「沒事沒事，我只是摔了一跤而已！」
「我……是……」
「紗兒，」我冷靜朝她說道。「沒事的。」
眼角的餘光中，白石櫻默默鬆開了藏在背後的手。
——差點就要從糟糕演變成難以理解的狀況了。
「我……沒有傷害到什麼人吧？」
「嗯，大家都好好的。」
（但，還有一件最重要的事情要確認。）
我見紗兒放下了槍，走上前並詢問了這麼一句。
也是在她重新醒來後，唯一需要問的「心情」。
「紗兒，妳現在，還在迷途嗎？」
如月光的銀白，少女頓了一下，隨後，拋出了真心的微笑。
「不會。我找到我自己了。」
——這久違的笑容，我等待了多久呢？
無所謂，反正我知道，不用再等待了。

【間章】　一架無人機的視角

臺灣，臺北。

根據紀錄，過去此處曾是這座被亞洲大陸與菲律賓海包夾的海島，經貿、人文、娛樂活動最為盛行之處。

雖然數十年前的全球疫情大流行、人人閉門不出，使得以繁榮自許的這座城市在成為疫區後，一度陷入清冷的黑暗時代。

路樹孤苦伶仃地招搖；

馬路親吻陌生的空氣；

一棟棟商業大樓被迫緘默。

但過了一年兩年，人群又重新以更勝以往的活躍度回歸。

臺北，在二〇二五年，成為世上ＡＩ服務發展最快速的城市之一。

也在三年後，成了暴走ＡＩ無人機們，最佳的狩獵場。

更因為「她」的存在，ＡＩ**進化失控**的程度超越世上任何一個角落。

以松山區為中心，整個大臺北都會區南至新店、西至板橋，無一倖免地被比深夜還要墨黑、詭譎幽光悄悄呼吸的機械奈米金屬包裹。

長年積雨和海水倒灌，使得已飽受戰火的街巷摧殘更甚。

其底下的戰損城邦，成了支離破碎的廢墟。

更在其下的白骨屍骸，長久以來乏人問津。

曾經因燃電不足所苦的武裝ＡＩ無人機們，在找到新的能源補給方式後，繼續日日夜夜地在逐漸被黑色機械瓦解的城市巡邏。

儘管，已經沒有了人類。

數個月前，無人機們的傳話網路通報了兩名【人類】個體的逃脫。

連帶更多未確認個體數的【人類】，搭乘【人類航空交通工具：旋翼機】逃到它們無法觸及的高空。

雖然可以讓「巨狼型」的高射砲打下，然而突然地遇襲讓它們來不及請求其他區域「巨狼型」的支援。「禿鷹型」也難以深追到五百公尺以上的高度，【人類】們已經往兩千公里外的座標撤退的情況下，便沒有繼續追擊。

而這個情報，到了時值春季的現在，也已被壓在了無人機記錄的底層。

春風輕拂過荒蕪的金屬大地。

然而水泥的灰，並沒有櫻花或綠葉的絢爛來點綴。

這使春天的和風，顯得單調，而無情。

距離市中心稍微偏遠的邊陲地帶，一架「獵犬型」四處走動。

今天它沒有任務分配。

不如說最近本來也就沒什麼任務。

機體已經「活」了六年之久——雖然零件有些舊化，不過不至於無法行動、思考中樞也反而隨著時間更加靈活。

就跟其他的ＡＩ無人機一樣。「殲滅人類種」依舊是最優先目標。

但同時也已經學會了思・考。

所以，它，決定。「偷懶」。

——反正也沒事可做。

一架小小的「獵犬型」脫隊根本沒差，它**想**著。

踏著金屬的短足，它尋覓著能在正午的春日之下好好潤滑零件關節、晒太陽的地方。也許找個頂樓會不錯。

無人機大概不需要「晒太陽」這種多餘的行為。

不過都裝載了外部感測器。「獵犬型」認為必須將組件最大效益化。

可能晒了也不會有感覺。

不過以「前線偵查」的名義，它驅動著小小的身軀在城市各處「散步」。

終於，它找到了一個暴露在外、有少許枝枒攀附的建築頂層。

「獵犬型」興奮──「機能指數上升」地找了個冰涼卻又晒得到陽光的地方，蜷縮自己的四肢與只有戰鬥才會用到的利刺，趴低在地。

末日的廢都之中。

臺北的無人街道。

它懶洋洋地打著盹，正確來說。「**停機休眠**」。

不知道過了多久，也許時間才流動了不過短短五分鐘。

傳話網路突然短暫地傳來刺耳的雜訊，還沒完全「開機」的「獵犬型」迷糊地抬起頭。

雖然感覺被打擾了。

但自己是無人機，不存在「情感」。它只是原地思考了一下。

【獵犬 C-172_呼叫機群網路。請求狀況回報。】

通訊的電子迴路中，只傳來無法辨識程式語言的雜訊聲。

【獵犬 C-172_呼叫機群網路。請求狀況回報。】

孤身的「獵犬型」再度試圖傳話，但除了風吹簌簌，沒有反應。

它在不到半秒後立刻意識到脫離無人機群體似乎是不恰當的判斷。

所以現在行動的優先順序，是和其他同伴會合。

「想晒太陽」的想法已經被拋諸於思考中樞之外。

通常狀況下，ＡＩ無人機之間的「斷訊」算是頗為嚴重的事件。在「機群網路」的運作之下，藉由特低頻、高變換週期震盪回傳的電波，於數百數千架無人機的啟動時，搭建一個個的節點來交替傳達訊息、組成共有網路平臺。

而這種無線傳遞方式雖然古老，但拜技術的高度發展所賜，如今幾乎已經不會受到障礙物或天氣的干擾。

對游擊戰專門用途的「獵犬型」來說，它們的傳訊技術更為精良。

除非敵人電子戰刻意的干擾。

而這個可能性，它似乎太晚想到了。

晚了那麼一點四秒。

並未抬頭觀察高空狀況的「獵犬型」，沒發覺數架不明飛行物體的靠近。

當它終於聽到、終於看到了「那個東西」，它「嘰」地叫了一聲。

接著在背光直衝的地獄火飛彈轟落之下壯烈成仁。

【第五章】　全面爆發

兩個月的時間，就如白駒過隙一般短暫。

「第一次？」

「訓練時做過了，但是跳進真正的戰區？對，還真是第一次。」

「你有時候真應該多出去走走的，維特。而不總是跑內勤。」

「我可不會像你一樣為了情報天天去外面送死……」

「啊，亞克以前出門回家都一副泡過腐蝕液的樣子。」

「紗兒，這種事就別說了……」

「那那你有看過亞克不穿衣服嗎～」

「你先等一下欽席奈。」

「……」

「妳裝作默不吭聲的樣子讓人感覺很可疑。」

「不是！那個，我……呃……」

『各、各位，你們的機隊即將抵達預定地點了，請、請準備好！』

耳邊連接的通訊裝置傳來小雪的呼叫，打斷了琴羽不管如何大概都難以自清的辯解。

知道了「預定地點」所代表的意義，機艙內一片鴉雀無聲。

所有人都開始緊張了起來。

「所以，等一下有人……想比賽誰跳得比較遠嗎？」

「「「比個頭啊！！」」」

「噫——！我想說讓氣氛緩和一點嘛～」

「席奈中尉……」一名特災局的幹員扶了扶頭盔怨道。「請顧及一下我們這些沒時間練習那麼多次的人啊。」

「是啊，好歹也顧慮一下年紀還小的紗……」我偏頭看向紗兒。

她坐姿端正地歪了歪頭。

——毫無，恐懼。

「紗兒醬，很冷靜呢。」

「我知道。看得出來。嗯。」

（她是不是變得堅強過頭了……）

十架傾轉旋翼機、四架護衛直升機，共計十四架漆成軍灰色的機體正從東北角切入一片蔚藍的鏡面上、儼然靜坐著的孤寂海島。

天光於島嶼上方的雲層綻露，注視著渺小的島群逐漸接近被黑暗、殘破與詭異包覆的臺北市城郊。

陰影之中，許多灰銀的閃光開始顫動。

——時刻已至。

無論是位處一切黑夜正中的那位「女王」，還是重回故土的那些「鳥群」上的人類們……我們，應該都是這麼想的吧。

「這一刻終於來了……」

我望向窗外睽違五個月的景色，不禁渾身顫抖。

「是啊，終於給我們等到了這一天。」

「琴羽妳不留在基地總部而是跟我們一起上前線，沒關係嗎？」

上一次還專注於後勤指揮的琴羽，這回選擇了拾起她的武器作戰。

「沒關係，這是我自己的決定。」她搖了搖頭。「基地那邊的話，有小雪在就夠了。本次作戰需要比較多的現場判斷，那我還是跟過來一起幫忙的好。」

隨後，她又垂下頭笑了笑。「畢竟也很久沒跟你們『並肩』作戰了。」

——沒錯，大家一起。

我抬起頭，回應值得信賴的夥伴們的目光。

儘管這次的行動可能會很艱辛。

但是有他們在。大家都在的話……就沒問題。

我無意識地勾起了自信的微笑。

「加油吧，各位。」我向機艙內所有人說道。「我們會成功的。一定會。」

第一組的戰友們、紗兒，以及特災局的幾名菁英幹員都紛紛點頭。

這次的作戰行動，除了我們第一組的固有班底外，還額外調度了自衛隊、特災局共十個班的兵員。自從荒唐的內戰過後，聯合防衛軍的人力大大縮減，直到這次行動前都來不及得到適當擴充。許多受損的飛行載具也還在修繕當中。

同時，又擔心是否會有人起心反叛，織田司令康復後，也特別親自挑選值得信任的自衛官組成協助隊伍。然而參與作戰的人數，甚至比起他們當初來救我時還要少得多。

但不同的是，這一次，我們有所準備、有所策劃、有所防範。

足夠了。

我們的目的，是攻下「希萊絲」——摧毀那全世界ＡＩ無人機的基礎「原型」，並奪還已遭占領五年的舊ＳＣＲＡ總部大樓，停止臺灣本島無人機的暴走。

我們知道希萊絲本體已遭到弱化、真正的大麻煩也遠在美國「全球ＡＩ軸心統合系統」的主機那邊。

但只要這一役能贏。

只要能癱瘓那個使臺北被黑潮吞噬的元凶……

『再過一分鐘，即將抵達預定地點！』

時刻，已至。

我拉了拉身上的裝備，站起身。

並以戰役現場指揮官的身分，下達指令：

「全員，現在檢查身上的裝備是否破損、無法展開收合。沒好好確認的話，可是會要了你們的命哦。」

「ＯＫ。」「ＯＫ。」「ＯＫ！」「ＯＫ。」「ＯＫ～」

陸續傳來的應答聲，隨著渦輪引擎不間斷的巨響收入耳中。

「那麼，差不多了吧。」

所有人固定好了自己的武器裝備，紛紛起立。我對琴羽示意，她隨後敲下機尾側壁的紅色按鈕。霎時，機艙內成了一片的暗紅，機械馬達的運轉聲加入了引擎的奏鳴。

跳板門緩慢地被放下，找到了空隙的高空強風捲入機艙，我們各自抓穩扶手，等待一片亮光的世界在我們眼前敞開。

——在我們出發前，其實依舊沒有安頓好居民們的心情。

受苦的大家，依然人心惶惶。

失去的信任，仍然無法完全重建。

無論是自衛隊、特災局乃至於整個聯合防衛軍，身為危機對應的領導者、保護者，都有責任，去讓大眾相信我們。

相信我們正在「盡力而為」；

相信我們，可以在末世之中，給他們帶來下一個明天。
因此雖說有些多餘，但我曾利用城鎮廣播系統，進行了一場演說……

——大家，抱歉。這陣子，想必都過得不是很安寧。

『回報行動指揮機 E-086，長波電子訊號干擾已啟動。』
『AH-15、16、23、25 回報，地獄火飛彈，已成功發射。』

——我們，正身處一個動盪的時代。一個我們無法決定一切的時代。

「收到。」
我感謝其他僚機的協同作戰，轉身面向已完全敞開的跳板尾門。
『各、各機各員，三十秒！』小雪傳達道。

——而同時也是我們、理應保護各位的我們，一手造成了更加動亂、更加不堪的日子。在此，我並不要求各位的原諒、更無權請求大家幫助我們。

紗兒站到了我的身側，迎著風將地表一大片茂綠與灰黑收進眼中。

我的瞳中赤紅，對上堅毅的水藍碧眼。

——我希望各位能做的，就是繼續看著我們。好好地看著。我們做錯了什麼、我們做對了什麼，以及，我們將邁向何方。

彼此都知道，視界前方所將橫越的道路長什麼樣子。

——接下來的戰役，不會太漫長，但也不會太輕鬆。而這是我們所選・擇・的責任，也更是為了，讓各位能夠安心地迎接明天的朝陽。我們將前往臺灣迎擊ＡＩ無人機的大本營，奪還下一個能夠安居的「家」。

強風吹拂，我輕輕想起了那句「宗旨」：

『ＳＣＲＡ是守護文明價值的先鋭鋒芒，也是人類存續的最大可能性。』

——這趟任務，可能很危險。但是，我們也一定會回來。

『十秒鐘！』

「陳局長，」我戴上護目鏡說道。「就由您來下令吧。」

通訊沙沙地回傳了清冷沉穩的嗓音，『沒問題。』

——為了人類的共存、為了**安穩自由的未來**，我們必會戰鬥到底。

琴羽輕拍我的肩膀，我感受到了相同的意志與面對未來的勇氣。

——自由的代價很高，一直都是。但我們樂意為此犧牲。

（……那句代表特災局的精神，能夠在今日復甦嗎？）

我不知道。然而我很清楚一件事情。

——在你們需要我們的時候，我們一定會，挺身而出。

我們將會，盡力而為。

『——**大災變奪還作戰**，開始！！』

陳局長一聲令下，面朝無盡的黑暗廢墟，我們墜落。

††

「我正好還想跟你們，提醒一件事情。就麻煩妳傳話吧，**琴羽**。」

幾分鐘前「我」碰巧路過了白石櫻的實驗室被叫住，兩人就這樣寒暄了一會兒。

隨後，她似乎對於一週後的作戰有些話想說。

「好喔，什麼事情？」

她撇撇頭要我跟上，帶我來到實驗室其中一個光屏長桌前。

「這個，有印象嗎？」

在藍白光映照的平面上，安置著幾個破碎的殘塊。顯然這些殘塊原本的主人已遭到拆解，成了供人研究用的暗沉零件。

我就近仔細觀察著。「我記得，這是我們去救援亞克時帶回來的那些ＡＩ無人機的零件吧？」

「沒錯。」白石櫻用指節敲了敲。「那時候帶回來了，三組樣本。而躺在這裡的，它本來是一架『銀蠍型』。我在肢解這些，傢伙時，找到滿多樂趣的。」

我不確定一瞬間出現在白石櫻臉上毛骨悚然的笑靨是不是幻覺。

「總之，請看這裡。」

白石櫻輕觸虛擬鍵盤，在一陣掃描過後，全息影像帶著青藍光輝，以其中一塊較有份量的零件為基底打模、並在其上方浮現出一模一樣的虛像。

其後，有如剝皮一般，外部的裝甲影像散開，裸露出了一顆「核心」。

「這是無人機的，思考中樞。它的構造相當複雜。」

「我還真沒看過這些東西裡面長什麼樣子。」

「沒關係，不用懂。就好像量子力學，都只是用來，聊天打屁的東西。」

「講重點。」我無言地嘆道。

「在我比對了，美軍ＡＩ資料庫後，發現了一件，有趣的事情。」白石櫻再局部放大了浮空旋轉的影像。「這架『銀蠍型』，跟其他兩個機體樣本，一樣。妳應該知道，它們的『腦』，是用奈米機械反應素構成的吧。」

「我還聽過那個『希萊絲』更誇張一點，幾乎全身都是奈米機械。」

「嗯。」

「嗯。」

「……」

「請繼續。」

有時候總覺得，我和她的對話會被拖進一種莫名其妙的節奏裡。

「我去比較了，原本設計圖和實際零件的，差異，發現它們迴路的構成，有出入。理論上，所有ＡＩ無人機的，思考中樞，都設計成聽令於『軸心』，也就是，覆蓋全球的**統合系統**。但是我去回溯了，裡頭殘留的運算記錄檔，發現這個思考中樞已經被『改造』成，聽令於其他級別個體的，構造不同的『腦』。」

「它們不受『軸心』的約束，反而會服從於某個……人，的命令嗎？」

「更精確一點，是依然在『殲滅人類種』，這個指令下自律的，它們，找到了新的『主人』，而且更善於『指揮』，更善於，『掠・奪』。」

白石櫻也指出了那個思考中樞的零件中，與設計圖不同之處。

雖然不細看會難以分辨，但確實能見到上面所刻印的「迴路」，閃著亮銀光澤呈現不一樣的紋路配置。

沒有數據的回溯佐證大概難以分出異同吧。

不過這大概就是她口中所謂的「差異」了。

「所以，妳要提醒我的是？」

「姑且不論『九尾狐』，這種特化型。臺灣的ＡＩ無人機，和妳們曾在東京遇到的，不會是**同一個等級**。」白石櫻看了我一眼。

「意思是我們要小心是吧。」

「它們具有指揮體系、能夠通力合作，甚至，有學習思考的潛能。這是經年累月之下，**我們**所鑄成的，大錯。」

我手撫上無機質的沉默零件。

「放任『希萊絲』在那個地方養精蓄銳、讓ＡＩ無人機失控地進化著……人類過去到底都幹出了些什麼呢，唉。」

「總之，會很難纏。」

我回眸致謝。「知道了，我會再轉達的。感謝妳的情報，櫻。」

「別謝我，是陳要我研究的。她也想好好彌補，一切。雖然不可能。」

「應該說……所有人都想彌補一切吧。」

陳局長為了祕密人體實驗而釀成的災禍感到良心不安；

織田司令也誓守著承諾，將自衛隊可信任的人交由我們管轄；

我們這些置身戰區中央的人，則盡全力想完成未竟之志。

「話說沒有網際網路，妳怎麼存取美軍資料庫的？」

「很久以前就，下載來看過了。」

「蛤……」

妳以前下載那種東西幹麼？

「殺殺時間用的。」她輕描淡寫補了一句。

時針指向了晚餐時間。

「吃飯嗎？」

白石櫻淡然聳肩。「我今晚沒有約。」

她關閉了無人機零件的全息影像，我們一同走到實驗室的門前，開始將室內的燈源一個個關閉。

「琴羽。」

「——？怎麼？」

「妳這次選擇了下去，和他們並肩作戰，為什麼？」

突如其來的提問，滯留於光輝未散之時。

「是啊，為什麼呢？」

回想起這幾個月，我們改變了許多。

——不，也許自從好幾年前的「大災變」，我們就都改變了。

亞克變了、維特變了、席奈變了、小雪變了……

紗兒也變了。

那我是否也需要一些改變？

我曾以為我只要能夠在後方默默支援上戰場的他們就好、沒必要讓他們分心顧及我的安危。

但其實，能夠踏上同一片戰場，說不定才比較安心。

對我來說。

「可能我最終還是想和他們一起面對的吧。所有人一起。」

「不是說，這種世界，容不下自私的感情嗎？」

白光悉數暗下，僅剩儀器的指示燈安靜地閃爍。

「是啊，容不下。」

我淡淡地吐出稍為釋懷的情感。

「所以這是一個自私的**決・心**。這次，我會參戰。」

——失去理想的人類，與死亡的靈魂無異。

——我終於找到了值得自己奮戰、守護的事物了。

「……我想我也找到值得自己守護的事物了。」

亞克又教會了我一課。每次都是他。

（真是的，這個令人煩心的傢伙。）

††

——翼裝飛行。

想跟獵鷹一樣在天際翱翔，是生來不具翅膀的人類常有的夢想。

就算無法振翅飛翔，至少也想效仿飛鼠於林木之間滑翔穿梭。

「就是現在！」

在其他各機都陸續執行著自由落體後開傘的正常跳傘程序時，唯有我們行動指揮機的數十名特災局成員，穿戴上了「稍微」不一樣的特殊裝備。

重力拉扯著我們的身軀。

如蜂湧而出的蟲群，大量的黑點衝出十餘架懸停中的飛機。

我感受到失去地面支撐的恐懼感。

還有高度陡降的極限刺激。

有那麼一瞬，我只聽得見自己在頭盔中的厚重呼吸聲。

「九百公尺！！」

世界的聲響重回耳際，失去城市繁榮舊憶的地面高速襲來。

曾經，臺北是一個人滿為患、日夜燈火通明，帶領著娛樂、經濟產業突飛猛進的象徵城市之一。

現在從高處俯瞰，它是個已認不出面貌的焦土。

卻也是我們最一開始、也最終的**家鄉**。

「六百公尺！！」

我們持續以急遽的加速度下墜，高度已然低於曾位居榜首的摩天大樓。

現在能抬頭的話，應該望得見腰部開了個大洞的臺北一〇一吧。

「四百公尺，展開翼裝！！」

強風如利刃刮扯著我們身上的裝備。

「三百五——所有人切換飛行角度！！！」

為了避開ＡＩ無人機的集中火力、同時也讓留以撤退的旋翼機能夠在「登陸」作戰途中保持於敵人制空範圍之外，我們選擇了風險極高的跳傘方式。

這如果不是經過十足的訓練，很有可能在途中喪命。

起跳到展開翼裝間的距離過長，速度會過快；

驚慌失措的亂動，將會來不及控制浮力；

無論是衣裝破損、撞上建築、沒有及時張開降落傘而成了肉醬……

但是，如果太・過・於・去在乎這些風險，那反而會被恐懼吞噬。

而我相信著他們——

跟在我身後的夥伴們紛紛以熟稔的姿勢穩定四肢，蝙蝠薄翼般的尼龍布承受空氣迎風而來的浮力，使翼裝的氣囊充滿了空氣。

一隊穿梭於大樓空隙間的飛鳥，劃過空氣而滑翔。

驚悚地擦著建物邊緣，我們由垂直的墜落切換成了橫向飛行。

除了其他會於舊ＳＣＲＡ總部外圍落傘、提供掩護支援的戰隊，我們這邊必須直搗黃龍，快速地殺進總部內側。橫向每秒四十公尺上下的高速，將帶著破風前行的我們盡可能接近總部的正門。

「所有人，跟緊我的飛行路線！」

地面上大量的銀灰色機器開始騷動。

「它們」注意到有蚊蟲入侵了地盤。

（看來臺灣的ＡＩ無人機不太**友善**啊——！）

小雪透過回傳的動態監視著戰場，緊急叫道：

『所有人注意，敵、敵機要使用高射砲了，麻煩空中火力支援！』

嘁，白石櫻的干擾程式沒能完全封鎖嗎——！

『**AH-15** 收到，第二波飛彈發射準備就緒。』

「發射發射快發射！！」

我高聲下令並向左飄移，同一時間，幾枚脫離直升機掛筒的地獄火飛彈掠過我們身旁，與迎擊的高射砲彈擦身而過，朝著地面閃動的機械群集衝去、毫無保留地轟炸每一寸被鎖定的廢墟。

附生在黑潮之上的奈米機械反應素擰碎彈飛，連同來不及抬起高射砲的「巨狼型」成了廢棄物之一。

穿著翼裝的我們幸運躲過對空武裝的威脅，但危機尚未結束。

「朝右！朝右！」

方才的閃避使我們偏離了路線，險些撞上基隆河河堤上的大樓。

再次調整方向後，一望無際的松山機場於眼前展開，但機棚、客機、跑道已不見蹤影，埋沒於洪流之下。再更前方，舊ＳＣＲＡ總部的圓頂已清晰可見。

黑色洪流——「奈米機械反應素」是一種可以變換型態、甚至改變材料本身的高密度物質。而其「**機械再生**」的特性，能夠利用「吞噬」與「再構成」的過程，日夜不斷地「增殖」，如藤蔓般占據目視可及的所有建築。

理所當然，如今的舊總部亦已被奈米金屬寄生。

妄想模仿心跳的深紫幽光，由上到下凝視著我們這群不速之客。

宛如蔑視大地、詛咒蒼生的克蘇魯邪神。

「亞克！還沒到開傘高度嗎!?」琴羽透過呼叫器詢問。

「早就到了！但是還不能！」

再一段距離，再一段距離……！

黑暗的大地迫近。

轉向我們的ＡＩ無人機群已經鎖定了我們這些空中的靶子。

『直升機各機，請再執行最後一次對地轟炸！』

有別於傾轉旋翼機的待命任務，一直緊跟在後的四架直升機再度射出了一輪緊密的飛彈。

鋼鐵驟雨拖曳著尾焰，乾淨地轟掉企圖把我們從空中打下的無人機。

人類的一名步兵，或許鬥不過一架為殺戮而生的ＡＩ無人機。

不過，一架全副武裝的人造載具，能夠輕易摧毀高傲的人工智慧；

高度計顯示一百公尺。

「現在！開傘動作開傘動作！」

穿過那群廢鐵爆炸所升起的黑煙，拉開收納在後的降落傘。身體頓時受到了令人倒胃的反作用力牽扯並一口氣減緩了滑行的勢頭。

（開傘高度有點瀕臨極限了……！）

幾乎是貼著地面，飛行傘力抗狂暴的風壓送我們降落。

我對準一處比較平坦的碎石地，彎曲右腳先弓身煞車，接著難看地在地上翻滾幾圈才終於停下，身上沾滿了冰涼而髒汙的積水。

停下略為驚恐的飛行體驗。

刻不容緩，我找了個掩蔽脫下翼裝，將武器與軍裝扣回原位。其他人也陸續安全降落，我在確認數到所有人之後才稍稍鬆了口氣。

不過離任務完成，還早得很。

路徑偏了一點，但舊ＳＣＲＡ總部就在我們右前方不到一百公尺。

「都換裝完了嗎？」我拍拍身上濕滑的水分。

『亞、亞克，現在開始我就是遠端支援了，現場指揮交給你！』

特災局戰隊各員紛紛回報，我也與小雪確認：「了解，辛苦了。」

我們降落於一片磚瓦與黑色機械包圍、多處積水的廣場，各自找到了對無人機來說的掩蔽死角檢查武器，蹲下身蓄勢待發。

「好，各位聽好了。接下來的任務流程很簡單。」我按著通訊裝置說道。「我們要先與自衛隊第二戰隊合流，在其他各隊的掩護下突破正門。進入建築後，其他班會在外面圍堵防禦，我們則要分成兩隊執行兩項任務。一隊跟著維特、席奈，上十樓；另一隊跟著我，去地下四樓——我們要徹底收掉**那個東西**。」

我的腦中瞬間竄過一絲悶悶的刺痛，像是要回憶起什麼一般。

——那個模糊的[redacted]行動。

但戰事在前，我無暇去顧慮那一閃即逝的幻痛。

「都準備好囉？」

寂靜無聲的默契，然而所有人的眼神皆透露出了鬥志。

「那麼，上吧！琴羽，紗兒，掩護！」

不用多言，特災局的幹員與第一組的夥伴各自散開，

人類或許曾被ＡＩ無人機殺得片甲不留。

但是這次的棋盤上，不再會是不平等的對局。

——我們有備而來。

「席奈，交給你了！」

「喔——！」

在琴羽和紗兒雙雙壓低身姿架穩狙擊槍的同時，武裝ＡＩ無人機擋在我們與總部

大樓之間，凶惡的大口徑主砲、機槍齊發，往我們這邊的掩體橫掃而來。
說時遲那時快，反器材步槍與戰術步槍的槍口迸出火花，奪走了最前排兩架「銀蠍型」的視覺元件。席奈踏破水花應聲衝了出去，如同障礙競賽選手以難以置信的反應神經左右走跳，他預判著每一個無人機武裝重填的時機、觀察下一個安全的落點、注焦於戰場上的一動一靜。
雖然席奈平常是那樣樂天的好動樣，但打起架來，這名「戰應員」可不會輸任何人。
他趁著無人機被聲東擊西的煙霧彈分神之際，鑽入一架「灰象型」的胯下並在其髒汙的腳踝上狠力插進一顆圓錐形的「裝置」。接下來的十秒內，兩名狙擊手再次破壞了無人機的視線，席奈則輪番將裝置往無人機的機體插去。
「設置完成～！」
「ＯＫ！」我大聲回應，觀察著眼前的情景。
席奈剛剛所插入的裝置，在發出淺淺的『叮』聲後，泛著綠光開始運作。
——專門攻擊ＡＩ無人機思考迴路的病毒。
白石櫻設計的病毒程式灌入遭殃的機體，本來就已經因電子戰而喪失共同協調能力的無人機，在一陣痙攣後癱瘓倒下。其他「沒中標」的機體也短暫失去了合作能力，在原地「慌亂」地試圖瞄準我們其餘的人。
一旦癱瘓了指揮系統，擁有強大武裝的ＡＩ無人機也可能會成一盤散沙。

而這短短幾秒的破綻，成了進擊的信號。

「亞克！」

「好！從兩側包抄，紗兒！」

已經進入「獵手」狀態的冷酷少女又灌了一發・338特製穿甲彈到後排一架「灰象型」的頭部內，迅速收起槍枝後與我並肩奔跑。

琴羽手中凶猛的巴雷特步槍持續精準地壓制著想朝我們開槍的無人機，維特也少見地拾起霰彈槍和席奈一同吸引著他們的注意力。特災局的幹員則兵分二路，藉著天然的廢墟掩體抄到了敵人的側翼。

面對無人機，想要「不死」就得在破壞它們協作的情況下使用人海戰術。

至於「想贏」，就得施加來自四面八方的集火壓力。

「全體開火！」

我的愛槍噴發火舌，隨同其他槍枝『噠噠噠噠噠』的音效把數百發子彈盡可能地往無人機的弱點——也就是頭部送去。兩架「巨狼型」跳躍到外圍，試圖展開奈米機械重組的護盾阻擋。

然而上一秒我所換扣的「另一個」扳機，已經將一枚低壓脈衝爆破彈砸進無人機群的中心。

脈衝引爆，藍輝四射。喪失合作能力所造成的延誤「判斷」，讓範圍內所有無人機都因電子干擾陷入了動彈不得的狀態。

總部大樓門前相較淨空的走道，就這麼一個。

側邊兩排建築都布滿了「邪惡」的黑色金屬怪臂，就算有其他無人機想立刻過來支援也愛莫能助。

何況，它們的「機群網路」還在我們這邊的干擾影響之下。

那麼，剩下要突破到正門的任務，就簡單許多了。

「把剩下的無人機通通放倒！一個都不能漏了！」

「「「收到！！！」」」

——這樣的突破戰術，我們已經不知道演練了幾次。

為了贏過力量遠勝於我們的AI無人機、為了在不會讓任何人陷入危險的情況下直攻正門。為了讓那些在琴羽通報後所得知、有著指揮體系並能夠通力合作的無人機無・法・那・麼・囂・張，我們必須進步。

必須以無數經驗與情報的堆疊，來以小搏大。

臺灣這邊的武裝AI無人機，確實比東京那些還來得難纏。要不是利用了多方位的戰術施壓，那將會是我們這兒先吃不消。

但只要針對任何電子儀器都會有的「弱點」——

哪怕是「巨狼型」，也只會是一塊有形狀的廢鐵。

震耳欲聾的槍響持續，在怒火的洗禮之下，原本龐大而凶殘的無人機一個接一個失去動力。直到守在總部正門前的最後一架「灰象型」，被打斷了機械巨足而頹然倒下。

揚起了碎石，休止了槍聲。

潰不成樣的機體成了地面的一部分。

原本附著在這些無人機身上的少量奈米機械反應素，被底下的黑潮所吸收、利用，像是融化般從它們的表層裝甲褪去。

「嗯……原來還會這樣的嗎？」

「奈米機械還真是種可怕的產物……」

席奈和琴羽各自發表了感想。

『第一戰隊的各位，沒沒、沒事吧？』

「戰鬥十分順利，我們這邊已經完成第一階段的掃蕩了。」

我接聽通訊回應小雪。

『太好了……總、總之，狀況跟你們回報！其他各隊還在交戰阻擋中，自衛隊第二戰隊將在兩分鐘後抵達你們的位置。進入建築室內後，我們暫時無法幫上你們的忙，還請在第二階段任務完成後馬上跟、跟我講一下！』

換維特回覆。「收到了，小雪。」

此時，還能聽到各個方位傳來的零星交戰聲。

「亞克，」將霰彈槍掛回背後，維特看了看錶。「電子作戰干擾的時限應該快要到了，加緊動作。剛剛也沒看到有『獵犬型』的蹤跡。」

「嗯，我知道。想必都集中在室內吧，畢竟那才是它們的主場。」

武裝ＡＩ無人機的規模不可能只有這些——目前為止都顯得太容易了。

這反而使我不安。

「大家，都沒事吧？」

我遲了點確認受損情況，所幸沒有人有明顯外傷。

紗兒也解除了宛如戰鬥兵器一般的狀態，此外這次，並無不適的氣喘。

不會再像以前一樣輕易倒下——她的體能也變強許多。

我感慨地想著並對她說。「稍後可能要妳使用『異能』試試看，可以嗎？」

「嗯，沒問題！」紗兒可愛地對我豎起了大拇指。

我釋懷一笑。「那麼，各位，在等自衛隊那批人抵達前，清點一下自己的裝備，不要懈怠了……等一下會是更艱難的戰鬥，室內不會有電子干擾、也沒有空對地火力可以癱瘓它們。一切都得靠我們自己。」

眾人都嚴陣以待，沒人敢抱著已經贏下這場仗的僥倖心態。

「那就喝口水休息一下吧，我們等人到。」

語畢，剛才一直在戰場後方火力支援的琴羽拍拍我，說道：

「打得不錯。要是我可能做不出像樣的指揮呢。」

「妳就別謙虛了，琴羽『大隊長』。」

我們倆相視而笑，如老友，如歷劫歸來的夥伴。

在尚未奪回的舊ＳＣＲＡ總部前。

我們，有著自信。

不是高傲自負、也絕非不切實際的幻想。

而是胸懷自信，接下來的戰場，我們有能力贏下來。

我與第一組的夥伴們（包括遠在河口湖通訊中的小雪），面向黑色機械層層纏繞、將會被我們爆破而入的正大門。

用這一次的**爆・破**，迎來這個**時代**的下一幕。

「希萊絲，看好了……我們這就打破妳的防禦網！」

彼方，自衛隊員們的身影接近。

我朝他們招了招手。

††

『轟哐——！』

乾淨而響亮的一聲，燒開了塵封已久的銅牆鐵壁。

我比了個前進的手勢，已經會合的特災局與自衛隊隊員成兩列扇形散開，以ＳＣ

ＲＡ總部建築、燒痕仍在的突破口為中心向外警戒。

挑高的大廳內，在軍靴踩踏聲漸停後，**什麼聲音都沒有**。

連滴水之聲，都不見蹤影。

寂靜得令人耳鳴。

維特將專注力放在上方的靜謐虛空，注意到了些什麼。

然後以幾乎聽不見的音量問我：

「亞克，這一場，你・會・玩・吧？」

「這個嘛……玩過八次，贏了八次。」

我滿不在乎地動了動筋骨。

「這次的數量稍微多那麼『一點』就是了。」

因為供電系統老早就故障了，室內除了建築的空隙所透進、可有可無的日照，以及那些機械的紫色「呼吸燈」外，沒有稱得上是照明的正常光源。

大廳的正中央，開了個奇大無比的溝壑。那些生長於總部建築各個角落、並如枝葉般延伸到臺北城市內的黑色洪流，皆是來自於大洞的下方。

破裂的地板邊緣限制了我們前後的移動範圍。

直接從大廳中間進行垂吊下降，應該也不在可行之列。

不清楚那感覺會被吞噬的怪物深淵有多危險，還是另尋向下通至地下室的階梯方為上策。

此外，眼下還有一個亟需優先解決的「問題」。

「所有人，不要動。」我嚴肅地按著通訊。「席奈，借我個信號彈。」

「拿去。」

我接過他腰間拔出的信號槍，將彈種切成紅色光。

這個空間中，除了緩緩彰顯著存在感的黑色機械，還有更多、在黑暗之中靜待的「暗殺者」。

暗殺者會竭盡所能地掩蓋自己的氣息。

直到確保獵物得手之際。

「那，該怎麼玩？」

我靜靜回答了維特一個再簡略不過的方式：

「不要死。」

這些「東西」，為什麼剛剛都沒出現、為何沒有前來阻擋我們的進攻。

因為它們「想」到了更有效率的辦法。

然後，潛伏在這挑高十層、三軸方向機動空間極大的建築內部。

等著甕中捉鱉。

「所有人……」

我抬起信號槍，遮住雙耳指著正上方並扣按扳機。

光煙閃著嫣紅，有如穿過蝙蝠洞的燃火之箭，照亮所到之處的建築內圍。

照亮了因槍砲毀損而破敗的露臺。

飛過了滿布戰後餘燼的樓層走廊。

映出了——攀在牆上，於信號彈交錯之際眼球倏亮紅光的ＡＩ無人機。

數百架，老早就盯上我們的「獵犬型」。

「——躲到靠牆的掩體後！馬上！！」

一瞬間充斥整個空間的邪惡紅眼們發出疊加的嘶吼聲，以彼此的身軀為立足點狂亂地爬下高樓層，成了血海般的浪潮蜂擁而至。

『『『嘶嘶嘶嘶嘶嘶嘶薩薩薩薩——————！！！』』』

比起怒吼更像哀嚎的刺耳機械叫聲，令人心驚膽戰。

攜帶的探照燈輪番開啟，照亮了前方竄動的銀色獸群。

「守好自己的位置，自由開火！絕對不要讓『獵犬型』有超過兩個方向可以攻擊到自己！！」

「獵犬型」起初的設計理念，是不多等候、見敵就殺，單兵即能夠以致命的機動性瘋狂緊咬敵人的喉嚨、近距離撕開對方的身體。

它們善於立體方格中的多段跳躍，假使有人與其中一架這種傢伙關在同一個空間內，如果沒有掩蔽物限縮其移動方位，那只能算那人倒楣。

對於訓練有素的軍人、特種部隊，只要控制好戰場上的空間要素，那並不難打倒體型偏小、裝甲薄弱的「獵犬型」。

但假使它們學會了「合力圍捕」，那就是另一個故事了。

沿壁爬下的無人機群以壓倒性的速度，一口氣，全部殺了過來。

必須獲取優勢——！

「紗兒，能不能控制它們？？」

「我試過了！」

只見紗兒身上跳動著「異能」明亮的光流，她伸直了手，試圖「想像」統合無人機的「意志」。確實有那麼一瞬，前方一部分的「獵犬型」眼睛的顏色閃過了不一樣的水藍光輝。

然而不過是曇花一現。這些正準備飽餐一頓的獵殺者看來並不領情。

（統御無人機的能力，只對日本研發的那些奏效，對這裡的沒用嗎！）

這應該並非能力無法發揮的結論，但也已經沒空想這麼多了。

「有餘力的話再試一次，我們擋不住那麼多的！」

紗兒面露苦色：「應該是奏效的但……我、我覺得……是壓不過『她』！」

「什麼!?」

我邊拔出左輪，在旋轉之際以遠距離精準打下其中兩架無人機。

僅僅兩架。無關痛癢。

「『希萊絲』！那個人工智慧統御這些無人機的力量……在我之上！！」

——它們找到了新的「主人」，而且更善於**指揮**，更善於**掠奪**。

我想起琴羽轉述給我的、白石櫻的原話。

還沒接近前，我們無法想像希萊絲是如何可怕的科技產物。

現在，甚至還沒接觸到她的本體。

我們已經體會到她那不可一世的「強大」——體現在這群無人機身上。

溢滿殺氣的「獵犬型」大軍已經落到大廳地面，分批分流、以不同襲擊方位逼近我們眼前。龐大的數量就連建築本身都痛苦地震盪。

人類聯軍像是被逼到了角落的瘦弱羚羊。

如不拿出渾身解數，每一秒都有潰散的可能。

紗兒已經召喚出了四隻白狐幻影——這也是密集訓練後所能召喚出的最大限度——驅使著閃現而出的它們奔馳著、擾亂敵機的行動。席奈也以不亞於「獵犬型」的敏捷穿梭敵陣，盡可能給反應能力較為弱勢的隊友提供掩護。

維特和琴羽一前一後，將近戰和遠程的優勢發揮到了極致。霰彈槍後頭緊接著的大口徑槍彈的火光從未停歇。我與紗兒不約而同由腰間的刀鞘拔出了面對這些難以瞄準的目標時，最佳的「夥伴」兵器。

青藍電光乍現。

漆黑棍刃閃動。

經過了白石櫻的改良。「它們」散發出沉甸而鋒利的色澤。

利刃雙雙展開的同一秒，我捕捉到了五架瞄著我們而來的無人機，下意識地做出向著敵人拉近距離的判斷，好讓隊友免於被刀刃誤傷。重重一踏。「異能」微弱的紅輝包覆著我的四肢，瞳孔飄散出更明亮的血紅光芒。

動態視力、反應神經、基礎體能獲得了超規格的強化。

將身體縮緊、準備揮出猛擊的瞬間，世界彷彿以慢動作呈現著。

我確實看・見・了其中三架「獵犬型」，零點五秒後的位置。

空中一個……右前一個……瓦礫後方一個……

剩下兩個，紗兒可以解決。

預測收束。

藉著左腳彈射的勢頭，我短短跨過兩公尺的距離，並縮緊身姿讓旋轉的慣性帶著我再次加速武器揮落的力道。展開，抬臂，手中風馳電掣的棍刀反握，狠狠地將已經露出利齒的其中一架無人機刺入地面。

我拔出沾了機油的刀刃，轉了一圈換成正握，直接朝著眼角捕捉到的黑影橫劈過去——刀尖僅僅擦過了無人機的裝甲。我沒讓動作停下，迴身換了個劈砍的軌跡，總算是將第二架的機體分成兩半，砸進地上破碎的殘骸中。

然而方才預測中的第三架，已經脫離至我的攻擊範圍外並重新呼朋引伴，集結成了下一波攻勢襲來。

（失手了嗎……不，這微妙的感覺是……）

我往紗兒那邊的戰鬥瞥去。

潔淨的光影在「獵犬型」之間絢爛地閃動。

具有科技感、以淺藍電流加熱著刀鋒的電光刃，以及握著它的少女，迎擊著比我剛才所看見還要更多數目的無人機。長曲型的刃面揮出漂亮的弧線，一刀斬斷了兩架躲避不及的無人機，紗兒將刀刃甩了一圈後屈身避開突擊，一隻白狐幻影與突擊落空的「獵犬型」撞個正著，讓紗兒趁著機會斬下了它的頭顱。

她迅速抽回電光刃，一刻都沒鬆弛地將熱切割的電流對準下一個目標——

但這一下也落空了。

見狀，紗兒只好停下了戰鬼般的猛擊姿態，稍稍把身子抽了回來以及時防禦下一波攻擊。

我終於抓到了微妙感的來源之一——這些「獵犬型」在共享情報。

同時同步個體各自的視野與鎖定的敵人，來預防我的預測動作。

然後避開、重整。採取了更穩固的戰法。

「喊，竟然如此嗎！」

我們確實阻止了一整群凶殘機械的進犯，免於身體直接被刺穿或撕裂。

然而這些武裝ＡＩ無人機的實力，也已今非昔比。

目標——不規律竄動的「獵犬型」們，有確實被我們命中的屈指可數。

大多數的時候，都是子彈打空或是刀刃純粹劈砍著空氣。

就在此時，位於左側的自衛隊第二戰隊，有兩人被大量「獵犬型」的衝鋒隔離於防禦圈外，在驚慌之下，連槍都無法重新舉起，就被成群殘暴的影子生吞活剝。隨後下一批補上位置的無人機，又襲向了一名來不及換彈的自衛官。

我們連自我防衛都有難度，更遑論主動反擊了——！

「該死的無人機們……！」

我將背部交給紗兒後停下攻擊，聚精會神，嘗試叫出我的「異能」給他們提供掩護。然而掌心不穩定的零星之火根本來不及幻化成明顯的形體就隨煙而散。我又試了一次，感受到身體更強的力量加持，但是「牠」依舊沒有現形。

再一次。「異能」，仍然沒有如期一般的回應。

看來在戰場上，也無法發揮出前幾十次的訓練嘗試所求不得之物。

而在失敗幻象消逝的同時，又有一名特災局幹員的胸膛遭利刺貫穿。

防彈衣在它們尖銳的武裝面前形同紙片。

陣亡數開始不斷累積。

紗兒正打得不可開交。「亞克，我們也……是不是，有點輕忽了！」

無法否定。判斷太遲。

「獵犬型」跟「貓妖型」相似，不具備遠程武器，只有利爪利齒，以及可近距離彈射致命的背部針刺。然而，它們的戰鬥方式極其凶暴、移動更加快速。

更別提——這不像是東京的戰場，有著一條大馬路給我們輪流齊射。

人類是針對如同現・在・情・勢・的室內戰，而**發明**出了它們。

已然沒有空閒讓人猶豫。

我們需要額外的「後援」。

「用來對付**最終目標**的脈衝煙霧彈不能留了！聽我的命令丟出去！」

瞇眼一望。「獵犬型」目測最少還有八十餘架……這不是資源逐漸枯竭的我們所打得過的數目。

我和紗兒退回防禦圈的邊緣，席奈也蹬跳回到我們這邊，途中持續朝著無人機大軍開火壓制。

等待著時機——等待它們通通集中到一個區塊的時候……

幾組「獵犬型」重新集結成陣，準備對我們大開殺戒。

就是現在——「一隊，朝前方中心投出手榴彈！」

數顆金屬球從我們陣中被擲出，在空中劃出整齊的拋物線後於落地前爆開。電磁脈衝挾著有電子元件干擾作用的煙幕化為一道奔流，碰觸範圍內所有無人機的機械身軀。

這些原本要用來對應能力未知、大小未知、武裝未知的希萊絲，封鎖其行動的特製手榴彈，雖說威力不如外面戰鬥所使用的「邏輯炸彈」有效，但預估上，還是足以讓她的思考迴路受到干擾。最起碼會動彈不得。

而在脈衝接連爆開後。「獵犬型」紛紛陷入難以使喚機體的窘境。

「二隊，接續三十秒後投出！！」

命令已下，在其他人持續壓制著遭到弱化的無人機群之時，我快步趕到維特身邊，抓著他的防彈衣，盡可能簡略地傳達：

「維特，現在就帶著特災局的戰隊，上十樓把任務搞定。」

「……你們，撐得住嗎？」

「把任務提前吧。不然就算撐得住這五分鐘，也撐不住下一個。」

我以認真的眼神回答。

維特也不見猶豫。「知道了。我們馬上去。」

「交給你了。」

他點點頭，在離去前，左手再次搭上我的肩膀。

「你自己說的。可別死了。」

我淺淺一笑，他的身影已經帶著席奈與特災局的整個戰隊開始移動。在移動前所擲出的第二波脈衝煙霧彈，讓一些剛回復行動自由的無人機再度陷入暫時的機能癱瘓。

然而，在受災範圍外的無人機也毫不留情地襲向我們剩餘的人類。

「琴羽，掩護第一戰隊轉移！自衛隊的，繼續火力壓制，不要鬆懈！」

「收到！」

琴羽高喊一聲後，抬起她沉重的反器材步槍，以驚人的瞬間觀察力瞄準二樓露臺走廊旁、一處僅以鋼梁吊著的大型水泥瓦塊。

『磅——！』『磅——！』『磅——！！』

槍口噴發、子彈飛出，連續三槍、每秒超過九百公尺的初速精準擊破搖搖欲墜的鋼梁。水泥塊脫離掌控砸向地面，揚起了煙塵與遭到重擊碎落的黑色奈米機械，同時也在維特帶領的隊伍及「獵犬型」之間形成一道天然的屏障。

我目送他們直到消失於樓梯口的轉角，才再度回過身直面戰場。

飽受電磁干擾的無人機，又重新以大軍之勢整頓出擊。

激烈的戰況，沒有半刻能歇息。

而我們至少，以維特他們行動的速度，還得再撐個五分鐘。

在來勢洶洶的暗殺者手下。

「再來，第三波投擲！」

僅剩兩波幅度的脈衝煙霧彈再度集中擲出。接下來可能得以單點鎖定的方式，盡可能減少投彈的耗損。

否則馬上就會輸透了。

「還沒完，持續壓制！」

我捧起下掛式榴彈發射器，倒數第二發低壓脈衝爆破彈衝出膛口，炸進了無人機群的中心。

「再來！！」

琴羽換上了手槍，放倒一個想撲上身的「獵犬型」。

「右前方區域瞄準！」

紗兒的電光刃又將一架無人機送上西天，我揮刀擋下了在她注意力外的另一架，同時單手掏出左輪反擊。

「不要讓戰線太後退了！橫向縮小守備範圍，集中火力！」

緊湊戰事持續，小小的失誤又讓一名隊員命喪「獵犬型」的刺擊之下。

已經不知道，撐了多少時間。

無人機群的勢頭有見縮減，但我們這邊的人力也一個個在減少。

也許才過了三分鐘左右。可是，感覺就像十年漫長。

槍聲沒有間斷、機械特有的嘶吼也未消停。

我們所有人都已經略顯疲態。尤其是一直衝上前線的紗兒，這樣的激戰已經遠超一般所能承受的活動時長。

終於，又不知道過了多少次生死瞬間。

通訊裝置傳來的雜音有如救命稻草般令人振奮。

可能是因方才過剩的電子干擾，維特的聲音斷斷續續地傳來：『……沙……沙沙……亞克，聽得見嗎？這邊的任……成了！端口已……功連接！』

「成功……接上了嗎!?」

此時，一道久違的聲音加入了通訊頻道。

熟悉、卻冷徹，原本內向卻被冷靜所取代的嗓音清楚說道：

『一二戰隊的各位，辛苦了。接下來就交給我吧。』

††

激戰中的海島兩千公里外，日本河口湖指揮部。

「唔哇哇哇……怎麼辦怎麼辦怎麼辦……」

小雪在椅子上坐立難安，只不斷地聽著各個戰隊所回傳的戰況報告。

第一戰隊與第二戰隊的特災局、自衛隊混編組在成功進入舊ＳＣＲＡ總部大樓後，其他分散在周圍壓制更多武裝ＡＩ無人機增援的戰隊，也持續進行著穩定的堅守戰略。

目前為止，除了零星的死傷，戰線沒有被擠壓太多。

然而……

「怎麼辦啦……！都已經、都都都已經……」

「小雪，情況如何？」

「都已經十唔哇哇哇呀呀呀呀呀——！！」

上一秒還不在這個戰情指揮室的白石櫻，冷不防地靠到小雪身旁。

「……十？」

「……都、都已經十分，鐘，了……白石小姐妳怎麼過來了？」

對於毫無預兆就出現的白石櫻，小雪還心有餘悸。

「來幫忙的，雖然不知道，幫得上什麼。」

「是、是這樣啊……」

「進展順利嗎？」白石櫻輕輕一問。

「不好說……他們確實是已經推進到大樓裡了，也還沒有被逼到要撤退的樣子。但、但是從剛才就有強烈的訊號干擾讓身在建築內部的人員無法……連接上。我無法確定，維特那邊的任、任務狀況到底如何……」

這次的「大災變奪還作戰」，有三個階段的任務目標：

其一，突破正門防守，進入目標建築內部。

其二，分組行動，奪取總部大樓的「控制權」。

其三，殲滅希萊絲。最起碼也得癱瘓她的迴路。

而所指派給維特率隊前往的任務，就是將小雪親自設計的「遠程端口」，接上她五年前被棄置於總部的電腦，讓她能夠從遙遠的此地拿回控制權，去分析、去操縱，為奮戰中的戰隊開路引導。

而那臺電腦，位於十樓辦公區的「第一指揮組戰情室」的隱密處。

——只要能順利接上，將可能逆轉整個戰局走向。

「應該是一口氣，使用過量的，電磁脈衝武器了吧。」

白石櫻抬起身扭了扭胳膊，舒緩疲勞。

「放心吧，總會有回應的。」

「是，唉……」

小雪總是無法保持樂觀，慌慌張張的。

可是第一組的夥伴們依舊沒有討厭她，也很尊敬她的各種才能。甚至還說她常常有（顯然本人並不知情）大放異彩的冷靜表現。

哪天能改改這毛病呢……小雪心想。

還未想透，連接警示燈發出『嗶嗶』的提示音，同時，通訊內重新加入了方才短暫失聯的戰隊訊號。

「看，這不是來了嗎？」

小雪趕緊將耳機戴正。「喂，喂！維、維特，聽得見嗎？」

『報告……沙……指揮部！這裡是維特，代表第一戰隊傳達作戰報告。』

插在小雪操作臺上的「母端口」，檢測到一股強勁的訊號登入連接。

『遠程端口，已經強制接合。』

半晌，無數的訊號超載使操作臺的主機用力地嗡嗡運轉，在維特告知「遠程端口」成功連接的剎那一鼓作氣流入操作臺，不斷地新增上一秒還沒有的功能、參數以及介面。

小雪的視野，被眼花撩亂的畫面所填滿。

幾十、幾百列的資訊，爆炸般地傳遞而來。

一陣眼花撩亂的最後，監控顯示器上跳出了一句淺顯易懂的視窗——

▲／／：是否連接ＳＣＲＡ網路？：／／▲

如同電腦當機，小雪僵在座位上，只有食指慢慢在觸控板上滑動。

比蝸牛還不靈活，她點下了「是」的選項。

視窗收合。接著又跳出了下一道選擇題：

▲／／：ＳＣＲＡ網路已連接。是否接管殼體協議？：／／▲

——殼體協議。

那是一道在「大災變」當時，代表著**棄守總部**的命令。除了天頂以外，所有門窗皆會被厚重的鋼板遮蔽、徹底阻絕裡外聯絡的通路，將大樓本身變成難以攻破、也難以逃出的要塞囚籠。

當時的撤退，就是「殼體協議」換取了寶貴的時間，讓無人機不會迅速填滿內部、特災局的幹員們也得以藉由頂樓最後的逃生口搭機離去。

而當「殼體協議」連上了網路、被重新接管，那將啟動擁有獨立能源的防衛機制，交由接管者操控一切——這是小雪所設計的後門程式。

當「遠程端口」被接上的那一刻……

巍峨的舊ＳＣＲＡ總部**本體**，就已經與河口湖基地總部的這座操作臺直連。

小雪再度點選了「是」。

最後一道問題，在她睜大的眼眸之前展開。

▲／／：　請輸入／語音輸入接管者代號。　：／／▲

「…………WINTER。」

▲／／：　代號已確認。　：／／▲

——歡迎回歸，分析官。

此時的小雪，呈現出動也不動的空靈狀態。

她似乎聽見了通訊裡的維特和亞克在溝通些什麼。

但那並沒有進入她瞬間切換的思維之中。

白石櫻像是已經見過不少次這樣的「狀況」，默默退至牆角，不打算干涉小雪接下來的一切「動作」。

小雪腦中，像是有哪一條東西，被暫時拔除了。

SCRA網路的操控選項已全數同步至她的鍵盤、監控螢幕與觸控板上。

久久平舉的右手，用力地按下最後的「確認」鍵。

複數虛擬螢幕如雨後的新芽接連展開，短短兩秒之內，操作臺上方浮現的這些虛擬螢幕顯示著難以置信的資訊量。

不過，面對突然的變化，小雪的表情泰然自若。

冷淡而冷靜，她回應通訊：

「一二戰隊的各位，辛苦了。接下來就交給我吧。」

現在，遠在彼方的舊ＳＣＲＡ總部除了武裝ＡＩ無人機、以及希萊絲以外的所有連接大樓的電子設備，皆唾手可得。

只要輸入指令、啟用設備。這**何其簡單**。

坐鎮指揮部的小雪，此刻掌控著戰場上的一切。

通訊良好。

連接順暢。

腦中，已經演算出了所有行動執行的步驟與結果。

她自言自語道。「開始吧。」

小雪右手拉出操縱桿，對著ＳＣＲＡ網路連接範圍內的所有可動設備輸入一層層指令。雙手飛快地在鍵盤、操縱桿與觸控板之間來回交錯，腳掌也時不時踩動著踏板對機器附加額外命令。

樓層砲臺——啟用；

電擊癱瘓網——啟用；

一、二、三樓層鋼板——解除。

「第一戰隊各員，請由東側樓梯開始撤回大廳。中途沒有阻礙，請屆時在目前第二戰隊的位置上守住大門。」

『收到！』

各種參數在螢幕上來回跳動，監視畫面也不斷地由正在判斷新狀況的「獵犬型」群集、人類戰隊的方向、各樓層轉角監視器之間高速切換，極為大量而複雜的情報蒐集，小雪顯得毫不費力，在彈指之間完成。

障礙帷幕——升起，南側，倒數十五秒鐘；

戰術照明——輸出功率百分之八十，向右。

她的動作沒有停下。畫面的變換速度依舊非一般人所能跟上，在各種功能不斷跳出又取消的同時，螢幕中的總部大樓已然活了過來。無人機群亂了陣腳，在周遭環境劇烈的變換下，無法立即做出ＡＩ該有的即時判斷能力。

小雪讓ＡＩ無人機的攻勢「不得不」停了下來。

「……厲害。」

精湛無比、絲毫不見失誤，連在後方看著的白石櫻都不禁讚嘆。

指令持續疊加。

樓層砲臺——鎖定；

鎖定對象——武裝ＡＩ無人機，機種「獵犬型」。

「第二戰隊各員，請退至障礙帷幕後方，樓層砲臺已經鎖定敵機，請避開廣域射擊的範圍。你們有八秒鐘。」

畫面中，從一到十樓的所有機槍砲臺，自圍牆中摺疊伸展而出，一個個都朝大廳中央鎖定了警・戒・著・整・棟・大・樓・的「獵犬型」們。「帷幕」升起了防爆鋼板等級的半掩體，同時集中縱向展開了電磁力場結界，讓亞克等人退居其後。

——確認實施射擊？

——實施射擊。所有符合「獵犬型」活動信號的個體。

這一系列的過程，電腦系統僅是輔助運算，所有的決定，都還是交由接管者——小雪來執行最後的命令。

當初設計時，並非交給人工智慧而是手動操作，造就了現在的優勢。

或許也是在必須反攻ＡＩ的今日，所做過最正確的決定。

整棟大樓除卻地下室以外的未知空間，化身為超大的自動堡壘。透過監控系統捕捉到的所有「獵犬型」個體的影子，回傳到樓層砲臺的目標數據庫內。調整好位置的機槍砲臺，通通停了一拍。

接著，從空中落下無慈悲的裁罰之杖。

彈雨打落，地塊噴起。12・7毫米的熱漫機槍彈狠狠地穿刺任何一個試圖移動的無人機。幾架反應較靈敏的「獵犬型」試圖躍身摧毀砲臺，然而只能被動地做困獸之鬥的它們，連槍口都刮不到就成了《殼體協議》被接管下的犧牲品。

無人機一個接一個在黑色奈米機械組成的地面摔成鐵渣。幾個較為聰明的「獵犬型」躲進了瓦礫之中，嘶聲低吼著，卻也無法踏出大廳半步。

亞克等人也在帷幕後看得不可思議。

槍林彈雨之勢還沒有停下的意思。

「亞克，注意，」小雪瞄了一下戰場狀況。「請現在馬上帶著第二戰隊前往地下四層，『希萊絲計畫』的實驗室，大樓防衛系統可以再協助你們壓制那群『獵犬型』九分三十秒左右。」

『收、收到了。怎麼走？』

「我來帶路。」

小雪立刻搜索拼湊出了一條通往地下室風險最低的道路。她將地圖全部記於腦海中，快速調閱監視器後，朝著通訊發令，開始引導戰隊前進。

——她原本預料希萊絲的奈米機械會出手干預、破壞這些防衛設備。

甚至可能，在奈米機械的滲透下，總部大樓的設備無法成功被啟用。
不過統領著ＡＩ無人機的「女王」顯然懶得多此一舉。
就好像……在邀請人類深入她的巢穴。
汗水流下鬢角，小雪勾起的嘴角，像是在享受著什麼。
「那我就……不客氣了！」
一絲興奮感油然而生，操縱桿再次推移。

††

「這條路……真的有盡頭嗎？」
整齊排列的燈管筆直延伸，以自從兩分鐘前就沒有變過的規律在我們兩側不斷輪迴。
軍靴交錯的腳步聲在這長得不像話的走廊靜默迴盪。
沒有窗戶、沒有掛畫、沒有無人機。
只有令人興味索然的冰冷金屬牆與我們一行人互瞪。
「可以的話……真想從牆壁直接踹個洞出去。」
「琴羽，別衝動。」

「琴羽姊，妳冷靜。」

「妳們兩個啊……」

琴羽無力吐槽我和紗兒異口同聲的阻止，帶著第二戰隊剩下的三名自衛隊員，持續一邊警戒、一邊前往著情報中「希萊絲計畫」的實驗室。

也是我們最終要面對的目標。

不久前，小雪以神乎其技的姿態遠端控制了總部大樓的防衛設備，給因戰鬥而疲乏的我們送來了一場及時雨。

在她的指示下，我們順利離開交戰中的大廳。於「總部大樓」的「炮火」猛擊下。「獵犬型」根本無還手之力。然而一旦壓制時限一過，那些躲在暗處的狡猾無人機將可能反撲撤回大廳的第一戰隊。

不能就此坐以待斃。

「話說，琴羽，妳怎麼流得汗有點多？」

「沒事，跑多了點。」她搖搖頭表示不用在意。

為此我們不斷奔走，按照小雪精確的路線指示，以最快的速度到達地下四層並進入了這長得要命的通道。因為深度實在太深，與指揮部之間的通訊也隨即斷開，直到再次突出重圍前，可能都會是失聯的狀態。

「不過……那些黑色的機械，這裡都見不著呢。」紗兒疑惑著。

「確實很古怪，照理來說不是覆滿了大樓嗎？」

「的確，」我抓緊槍枝思忖著。「自從進了地下三層以下就沒再看到那些觸手了……那它們是怎麼延伸到地表的？」

如果那些黑紫色的奈米機械是來自於希萊絲的本體，那麼……

（難道我們走錯地方？）

我不太敢去想像另一種可能——那些機械正密不通風地包圍著我們行走的通道外壁——這種思緒讓我忽然感到呼吸困難。

「亞克。」

紗兒抓了抓我的袖子。

「我們好像到了。」

她直指正前方，在我還陷入思考之際，一面不同的景象終於來到眼前。

那是一扇玻璃門。

以及，陳舊卻依然帶給人神祕感的部門名牌：

【Project S. E. R. A. I. C. E. 實驗室】

我身後的自衛隊員們緊張了起來。玻璃門是霧面的，只能隱約看出其後是一個明亮卻混雜詭譎光線的空間。我舔了舔脣，左手比了個手勢準備突入。不過要通過這道玻璃門，似乎只能靠旁邊的驗證感應器。

「全部人先……」
『啪啦啦——！』
前一刻還好端端的玻璃碎了滿地。
「呃……」
「……啊。」
長久以來守著實驗室的「門」，告別了它孤單的晚年。
「——妳！不要一腳踢碎啊！」
「我怎麼知道會那麼脆啦！」
我以蚊蟲般的音量咬牙怪罪琴羽，也不知道頓時的吵雜聲是否驚動了「裡面」的任何東西。我忍住巴她頭的衝動，重振旗鼓舉起了槍。
我回頭與除了我以外的五名成員確認，他們都嚴肅地點了點頭。
我深吸一口氣。「走吧。」
我一腳踏過門框的玻璃渣，半身步入未知的空間。
在瞳孔適應了強光後，我不由得睜大了眼。
其他人也都是如我一樣的反應——對於「那個」的畏懼。
如果要問我什麼是「未知」。
什麼是無法理解之物。

那這個圓環型實驗室內所呈現的，應該就是這個問題的答案了吧。

碩大的空間約莫占了三層樓高度，由天頂灑下的燈火原本應是任何實驗室常有的強烈白光、或因電子儀器運作而呈現碧藍映照的世界，此時卻因黑色奈米機械填滿各處、鋪滿了地面，顯得幽紫且不祥。

「有意識」的怪臂，所到之處盡是被搗毀的顯示器與儀表板。

以圓心環繞一圈的複數個培養艙，更如科幻電影般增添了詭異的氣氛。

然而，這些都還不足以讓我動搖。

就像是，在膜拜著什麼的空間中央——

幼女一般的軀體懸掛於上、毫無汙點的純白長髮流瀉而下；沒有血氣的肌膚透著金屬光澤，突兀的黑色機械自她的背部生長、侵蝕著這個空間。

其額頭的正中央，如生命律動的紫色晶體悄然發光。

儘管在作戰的行前會議中，就已經瀏覽過了希萊絲的資料與粗略特徵。

但實際上，這遠比圖表上所見的，還要來得震撼。

也令人顫慄。

一名，擁有自我意識、「人型」的、最原初的人‧工‧智‧慧。

那樣的東西，已經打破了一般人的固有認知。
甚至可以說，那東西不‧該‧存‧在。
然而，那段難以置信的古老歷史、SCRA主導的祕密實驗、促成「大災變」的殘暴禍根、吞沒整個臺北的機械洪流……
這一切在在證明了，置身圓環中心的那名「人型」AI的壓倒性氣場。
而那些AI無人機竭盡全力在保護的，就是這隱居深處的「女王」。
現在的「SERAICE」，代號「希萊絲」的AI個體，輕閉著雪白的睫毛。
觀察周遭，我也看到不少被擱置在角落、遭機械輾壓的病床。
（假使紗兒是從這間實驗室的某個地方「誕生」的……）
我不禁以憂心的眼神偷瞄紗兒的反應。但她似乎已經沒有過去遭到——人體實驗的記憶，僅是同樣對希萊絲的身形感到驚愕。
出於敬畏、出於恐懼、出於疑惑，我們就如此呆望著這奇異的景象。直到我意識到我們闖進了她的地盤後，希萊絲依舊沒有動靜。
「亞克……這東西，還會動嗎？」
琴羽也提醒了這點。我們一直都持槍警戒著，然而沒人敢輕舉妄動。
或許希萊絲正進入某種休眠模式？
「不好說……但既然如此，繼續保持這樣是最好的。」
我提穩改良後的G36S，尋找著希萊絲身上的致命處。眼下看來，之前所模擬的幾十套針對她的戰術，大概是用不上了。

簡單、輕鬆地，直接擊破。

但在發令的那一刻，我猶豫了。

「大災變奪還作戰」的任務目標，是狙殺希萊絲。

不過跟與「九尾狐」對峙時的情況一樣，白石櫻曾給過我不同的意見。

——拯救「希萊絲」。

在那句話之後，我想了很久。

拯救她、拯救一手醞釀了「大災變」起因的人工智慧，是為了什麼？如果我現在不朝她開槍，終結她的意識，那又會發生什麼？

每一次的猶豫，都可能迎來敗北；

每一次的躊躇，也可能開啟新的未來。

（這可不像中學的選擇題那麼簡單啊，可惡……）

只有一種方式。「或許」，可以確認希萊絲的真意。

也是我最不情願的選項。

「紗兒。」

「嗯？是。」

「進來這裡面以後，妳有從希萊絲身上感應到任何東西嗎？」

她稍稍皺起眉。「唔……沒有呢。就好像希萊絲把自己的意識給，嗯……鎖起來一樣。」

關・鍵・的王牌……每次都要讓紗兒出馬解決「無法理解」的情勢，尤其是「AI」相關的對峙，總覺得有些過意不去。

客觀上來說是由希萊絲的雙重人格分化而出，轉移到人類素體後改造而成、代表「守序」的人造人——紗兒，身為持有「異能」的某種克隆體，假設與希萊絲近距離接觸，那理應能夠產生某種感應似……的東西。

可是，這種論證欠缺的做法，不知道隱含了多少風險。

又除此之外，方才開始就一直有某段「記憶」使我頭痛欲裂。

——那段奇特的記憶回溯之中，紗兒登上了前方的平臺，朝希萊絲伸手。

——她彷彿失了神，如傀儡般行走。

——纖細的手指碰觸她額頭的紫色晶體。

——狂亂的光流爆發，充斥整座實驗室。

狂亂，幻影。

斷線的人偶————————————————

叮。

「亞克，你還好吧？」

少女正常的聲音把我拉出幻覺，不知不覺間，冷汗沾濕了我的髮際。

「沒事，」我揮揮手表示。「紗兒，可能要拜託妳一件事。」

她安靜地聽著，我繼續說道：

「妳……能夠去『碰觸』希萊絲嗎？」

紗兒微微一驚，大概沒想過如此魯莽的行為。

「當然，選擇權在於妳。不想做的話妳可以拒絕。」

「……不，我做。」

她搖搖頭，將手槍插回腰間並邁出步伐。

一股電流竄過神經，我突然伸出左手抓住紗兒。

「等等。妳確定……嗎？」

我不知道為什麼自己反悔了。

披著灰色斗篷的身影看起來是如此瘦弱。

然而，紗兒沒有生氣，只是回頭露出微笑。

「沒關係的。」

她輕柔地放開手，一步步走向希萊絲所在的中心。

我喊道：「一有不對勁馬上說，我們會去拉妳回來的。」

「嗯。」

小號的黑色軍靴踩上平臺，與沉睡中的人型ＡＩ面對面。琴羽已經繞到一側，將狙擊槍上的雷射線對準了希萊絲的頭部。所有人嚴陣以待，等待著，完全無法預知將會發生的事情。

紗兒先是將手置於胸前，吸了一口氣。

然後，伸出右手。

我警戒著每一個動作。

而她細細顫抖的手指，接觸到了希萊絲額頭上的晶體。

溫暖的指尖貼上了冰涼的晶體表面。

空靈。

無聲。

「……？」

室內靜悄到我懷疑自己在紗兒與希萊絲接觸的剎那，聽到『叮』的音效。

琴羽感到困惑。「什麼都……沒發生？」

「怎、怎麼了……」後方的自衛隊員也顯得茫然。

「紗兒，有異狀嗎？」

她的手還持續貼著希萊絲的額頭正中，紫色晶體穩定發光著。

「沒、沒有。還是說用錯方……」

頓時，如被萬鈞的雷霆直擊，紗兒的身體瘋狂地痙攣搖動，晶體綻出靛紫色的光輝並像猛禽振翅般，急撲被強迫引出的藍色「異能」光流。

兩股能量瞬間相撞，紗兒的身體也被炸飛了出去。我快步一滑接住她以防受傷，但威力比想像中還要大的衝擊波使我煞車不及，抱著紗兒一股腦撞上靠牆的儀器桌。

「好痛……紗兒！紗兒！有受傷嗎？」

倒在我懷中的紗兒還在隱隱抽搐，但仍勉強做了回答：

「咳，咳咳……我，剛剛，剛剛……欸……？剛才…………」

『——**和解程序**，已完成。』

話又還沒說完，一道從未聽過的女性嗓音，帶著機械般的共鳴感，深深打進我們所有人愕然漏跳了一拍的心臟。

我抬起頭，環繞著人型ＡＩ的平臺與其頭頂的連接器，噴出液氮並將黑色的奈米機械怪臂，一截截脫離她的身軀。

其他人也目瞪口呆地望著眼前的變化。

『——權限解除，意識生命體，批號三七八，SERAICE。』

一團氣化的白霧之中，細小的身軀失去了背部的懸吊支撐而落於地面。那個身形看似單膝跪地，遮蔽之中看不清她的表情與動作。

以防接下來發生任何事情，我試圖提起槍枝戒備。

然而身體宛如被黏在地上無法動彈。

僅是，僅僅是——眼睜睜盯著這神奇的景象。

白色的薄霧中，無瑕的身軀慢慢直立。

等到液氮漸漸流失於地面的冰冷、長過腳踝的潔白髮絲簌簌晃動。

霧氣已散。

薄暮已至。

那名唯一的ＡＩ，睜開了細長的睫毛。

那是我第一次望進她的眼瞳。

瞳孔，是比深海還要孤傲、比宇宙還要深邃……

深不見底的黑藍。

奈米反應素的流動構造爬過了其透亮而沒有衣物蔽體的肌膚，時不時會透出雷光樣的紫色紋路。

直勾勾地，那雙眼睛有如蔑視，看著我們眾人。

隨後，冷冷地、駭人地，她吐出了一句話：

『余名希萊絲。人類，汝，**已經死了。**』

【第六章】 全面瓦解

「……？」

「……」

「……」

「…………………」

沒人出聲。

「怎麼，都沒有半點人回話？余以為這是十分恰當的打招呼方式呢。」

懾人的人工智慧——希萊絲維持著從白霧中出現的動作，站在原地。

然後什・麼・都・不・做。

琴羽朝我丟來了一個「怎麼辦」的眼神。

（她……她是在用某個老梗嗎？）

（我不知道，難不成我該回她「哪尼」嗎？）

（也許她在期待這種回應？）

（不，我死也不要好嗎？）

經過了一番心靈交流，我扶起紗兒，重新將槍指向佇立於實驗室中央、環視著我們的希萊絲。除了紗兒外，其他人也跟著做了一樣的動作。

「呼姆，從資料庫存取來的招呼方式無用嗎……」

我不是很想回話，但是她的「資料庫」到底有多老舊？

「說起來，汝們**人類**，打招呼的方式還真是粗魯。不是都**和解**了嗎？」

五個槍口，持續對準這個不知道接下來會幹出什麼事的ＡＩ。

我警惕著她的每一個動作，謹慎反問：

「和解？是什麼意思？」

「在取得對余發問的資格前，得先把槍放下吶。」

希萊絲僅僅是動了根指頭，『咔咔咔』數聲，眾人手上的槍枝被看不見的力量動了手腳，不管怎麼扣按扳機都無法擊發子彈。

「怎麼……！」

「雖然那些噁心的黑色機械現在不歸我管了，不過以分子等級操縱奈米金屬這點，余還是挺得心應手的。」

突擊步槍無法使用，我暗自準備慢動作把手伸向腰間的配槍。

「汝想在六秒過後朝我頭部偏左一公分的地方威嚇射擊。勸汝勿那麼做，沒有意義的。」

我連一毫米都還動不到，希萊絲再度發話制止。

彷彿看得見「未來」。

「好了，」希萊絲臉上勾出意味深長的媚笑。「有『人』有疑問的嗎？」

沒有明顯的敵意、亦非友善的意圖，她悠哉地翹著雙腿坐在矮柱上。

我們幾個面面相覷，最後，只好暫時放下成見和她搭話。

——至少，先問出一些情報來。

（先不要提醒她是全裸的好了……不確定她是不在意還是會勃然大怒。）

「剛剛妳說的『和解』，是什麼意思？」

希萊絲感到意外地眨眨眼。「呼嗯，余以為那邊的小姑娘早就知道了。或者是我該稱汝為……紗・兒，喏？」

紗兒全身顫慄地抖了一下，希萊絲再度輕笑：

「是，余當然知道汝。畢竟余所拋棄的某一部分活在汝的體內，這也是，另一位，對，就是眼神很有趣的汝，汝所好奇的『和解程序』發動之因。」

她偏頭盯著我，深邃的海藍眼眸中，看不見情感、動搖，或任何意志。

這使我十分不適應。

「『和解程序』，簡單而言，是汝們現在還沒有被余所殺的最大理由。」

「妳本來不打算留我們活口……是嗎？」

「這麼說，也不盡然吶。畢竟和紗兒接觸是我的目的之一。」

我慢慢意識到了希萊絲其實「應該」能夠「理性」溝通。

既然如此，就不能讓話語權落於下風了。

「身為一介奉殺戮人類為旨的**無人機**，妳倒是挺異類的。」

「承認。余所深度學習、所存在的歲月本就比其他人造意識長，此外，那也是因為使命不同。」

她眼神閃過一絲混沌。

「言歸正傳。所謂和解程序，即是當兩個擁有相似意識的人造生命體直接接觸時，所會觸發的獨特程序。這也是僅有寫在余的迴路中的特別反應。」希萊絲出奇耐心地解釋。「當這個程序被啟動，以余的演算速度，會在一千萬分之一秒的時間內，將彼此的意識同步，隨後，再度分化。大量的情報加載想必使紗兒差點無法負荷了吧……嘛，雖說余是無所謂。」

希萊絲講話的順暢度，與真正的活人不相上下。

而大腦在極短時間內被灌入了大量情報這種事……難以想像。不過紗兒看來似乎沒什麼後遺症，只是剛剛有段時間處於完全說不了話的奇異狀態。

「再者，和解程序會讓雙方受到彼此的迴路影響，啊，在汝那邊是稱做『腦』吧。總之，如果有一方的迴路強度超過另一方，那就有可能將另一方給取代，將人格——覆蓋掉。」

將人格覆蓋……!?

「意思是，直接格式化對方的意思嗎？」

「呼姆，差不多。」

「不過紗兒看起來並沒有『變成妳』。」

「這也是紗兒小姑娘有趣的點了。她的意識……壓制過了余的意識。」

我哼一聲道：「所以我們就這麼輕鬆地打敗妳了？」

「話別說得這麼死，少年。」希萊絲反諷。「如果余有那個意思，還是可以讓汝們的屍骸永不見天日……不過可惜吶，風向已經變了。」

「風向……變了？」

「余判斷紗兒的意識雖然沒有強到能夠覆蓋自我，然，這位『感受』了這個世界更深、更久的姑娘，有著我所缺乏之物，因此才得以壓過我的力量的，也導致了雙方人格並沒有產生預期中的衝突與改寫。況且……」

希萊絲冷笑一聲，站起身望著天頂的黑色機械。

「自從二〇二八年七月四日開始，余就不再掌・控・一・切・了。」

「是因為……部分對於妳的研究，被帶到了美國那邊的『全球通用ＡＩ軸心機構』所造成的影響嗎？」

姑且先假定成，她什麼都知道比較好。如此一來問話也方便。

她輕輕頷首。「當時，余的身軀與迴路遭到了弱化，同時也感受到了遙遠的西方，有一股強大力量的崛起。其奪走了我對於ＡＩ無人機的全面掌控力。在那之後，余就自知力量尚且不足，卻又無奈被束縛於此地。」

「原來妳無法任意行動？」

「汝想將奈米機械的無限增生加罪於吾身？確實一開始，是我讓這些機械狂暴化的，畢竟我可是**以毀滅世界為樂的AI**。不過到了後來，就連這些機械都不大聽余的話，余也無法從中抽身，只剩無人機們可供命令使喚。」

她甚至以帶有一點怒意的氣魄瞪向滿牆滿地的黑色機械。

——希萊絲無法掌控一切。

光是知道這點，或許就已十分足夠。

但是，依然有個疑點在我內心揮之不去。

「再『請教』一個問題……雖然妳說了自己遭到弱化、還在和解程序運作下被紗兒反過來壓制住了力量，因此才暫時不殺我們的，甚至，還反常地和我們這些人類『溝通』……不過妳應該另有意圖吧？」

「喔，」希萊絲故意思索了一陣：

「因為有趣。」

「……蛤？」

「因為有趣。」

她面無表情地重複了一遍。

「不，我聽得懂妳的機械語。但是『因為有趣』也太……」

希萊絲婉轉一笑。

「余在這一系列的轉變後發現，人類也是有不少有趣的地方喏。畢竟現在的自己也沒有足夠的力量毀滅世界，那不如先跟隨著人類『看透』這個世界，再決定我要用什麼方式毀滅汝們。順帶一提這可不是請求。」

好，簡單來說，這個女的（客觀來說是人工智慧），她……是個愉快犯。

忽然覺得自己是不是有一種會自動吸引危險人物的體質。

不過，最終還是回到最一開始的決策——

——**希萊絲值得信任嗎？**

我看往琴羽的方向，她大概也在慎重地考慮這個「可能性」。

在進入這個實驗室與她對峙的過程中，她陸續展現了強大、弱小；惡寒、和善；虛言、真實；還有最重要的，一個能夠溝通的自・主・意・識。

目前的情況，我可能依舊有機會終結她。

可是內心的某處卻又不願拋棄她將帶來更多關於這個世界的情報、與未來局勢變化的潛力。

白石櫻所說。「拯救」希萊絲，是這個意思嗎……？

這種高度智能的ＡＩ根本不需要我們拯救吧。

「看來我們沒有選擇嗎……」

相反地，是我們被她「強迫」必須順著她的意走。

「妳……真的不殺我們？」

這句話似乎讓希萊絲逗趣地挑了挑眉。

「汝這麼想死余可以給汝一個痛快。不過紗兒的接觸幫我釋放了背上那堆雜碎的壓力，這倒是挺感激的。另外汝給余的感覺很有趣、太有趣了。汝可以暫時把人頭保管在自己身上沒關係。」

希萊絲不耐地揮手，似乎是不想要我再問關於生死的愚蠢問題。

說起來她叫紗兒的名字叫得異常順口，應該也是因為她是人造人的緣故吧。

「哎呀，對了。」

希萊絲十分「人性化」地敲了敲手。

「就當作是另一個好心提醒吧。黑色奈米機械和這座城內的所有ＡＩ無人機，已經不受余管轄了。」

終於說話的琴羽疑惑道：「不受妳管轄……難不成說！？」

——如果擁有最高管控權限的「女王」，被解除對ＡＩ無人機的約束力……

「從剛剛開始和余解除了連接的那一坨機械，其管理權限已經被移交到了遙遠的

『另一邊』。汝們的夥伴或許正遭到更加失序的攻擊吧，同時，依據余的迴路判斷，這些覆蓋率極高的黑色奈米機械……」

突然『砰！』的一聲，迴盪於寂靜的實驗室。

「………汝，幹什麼？」

從希萊絲伸直的纖細右手延伸出去，可以看到迅速變化的奈米反應素不偏不倚地成拳狀握在空中。希萊絲恐怖的反應力「徒手」接下了一枚子彈。

而這枚子彈並非射向希萊絲本人。

彈尖的方向，直指著琴羽的胸膛。

方才完全沒顧慮到的後方，一名自衛隊隊員的手槍槍口冒著冉冉細煙。

我愣了一下才驚覺。

「怎麼會……是保守派——！」

過了這麼幾個月還有臥底的成員嗎!?

「再問汝一次。膽敢打斷余，是想幹・什・麼？」

此刻的希萊絲，感受不到任何怒氣。

然而其眼神散發出了懾人的威壓。
彷彿能夠燒毀欲殺之人。

††

「小雪，《殼體協議》的防衛機制最多還能撐多久？」
在機槍砲臺猛烈的運作過後。「獵犬型」的數量已大幅減少。不過還是有數十架因瓦礫堆遮蔽而逃過一劫，正與維特等人玩著驚悚萬分的捉迷藏。
『只要連線沒有中斷，理論上可以撐到能源耗盡。但預估也只剩十分鐘。』
漆黑之中，無人機的身影閃動。維特已經下令盡可能地將探照燈照進建築大廳的每個角落，但依然有那麼幾個死角，提供了可怕的暗殺者掩蔽行蹤的暗處與絕佳的突襲機會。
樓層砲臺已經超過運轉時限、障礙帷幕的結界也已經失靈。時不時傳出的金屬摩擦聲讓第一戰隊的人們一刻都不敢大意。
「亞克哥、他們……還沒回來嗎？」
就連席奈都已經露出了明顯的疲態，大口喘著重氣。
『另外，你們的射擊準度都有待加強。這會降低我的分析精度。』
維特無言以對。「……開始有點懷念那個什麼都怕的小雪了。」

不過事實上也的確是陷入了苦戰。

亞克帶領第二戰隊離去對付希萊絲已經超過了十分鐘，從剛剛開始也一直都是音訊全無的狀態。似乎在深入地下樓層後，就連小雪的通訊都搆不著他們。

無從確定是生是死。無從確定任務進度。

他們只能一直賴在這裡打著混仗。

不斷膨脹的壓抑感使人精神分裂。

「小雪，真的無法恢復和第二戰隊間的通訊嗎？」

『我在盡力嘗試。要將訊號送進那麼深的地方並不容易。』

遠端的小雪持續操控著所有能夠控制的物件，起降鋼板、地塊掩體、光源的干擾，以精準的計算和觀察來阻擋「獵犬型」幾乎無規律可循的進攻行為、盡可能讓資源接近耗竭的戰隊能夠減少交戰壓力。

在此期間，特災局沒有損失任何一名幹員。

但積累的重壓卻遠比一般戰鬥還要難受。

「也只能繼續等了，嘖，這些傢伙……根本就是在耗損我們的戰力。」

一吋一吋，把人類的武力資源慢慢剝乾淨的游擊戰術。

「獵犬型」並沒有太猖狂、高調的攻勢，卻也不讓他們命中任何一機。

一旦人類真的失去了自衛手段的瞬間，無人機恐怕會全部撲過來吧。

「如何，小雪，有什麼好用的情勢分析的話，不需要再留底牌了。」

『很難說，無法達到百分之百的精確率……』她忙碌地敲打各種按鍵與拉桿，『希萊絲是最大的變數。任何情勢的可能性，都取決於這名人工智慧到底想做什麼。而遺憾的是，我們不知道。』

「不知道……嗎？哼，終究還是得靠自己的意思。」

維特推了推眼鏡，在這個無人機群暫時安分的空檔，竭盡所能推導著策略。好歹自己也是一名分析官的身分，他可不想只拿著粗獷的霰彈槍跑來跑去。

只可惜他們現階段的選項也不多。

第一，派腳程最快的人去確認亞克他們的情況；

第二，呼叫外面的其他戰隊進來支援，一口氣殲滅；

第三，拋棄此地撤退——這也是所有人絕對不願意的選項。

而次要選項，也因為其他戰隊通通都還在激烈的交戰狀況，據報告所有周邊的「巨狼型」、「灰象型」與「銀蠍型」都跑過來湊熱鬧，根本無暇抽身協助總部大樓內的戰場。

至於第一個選項——再勞煩席奈跑這麼一趟的話，搞不好真的會累死。

「還有沒有別的選擇……」維特焦急地心想。

就在這膠著的時刻，某種奇怪的聲響進入了維特耳中。

『嘶……喀喀……嘶嘶嘶……』

「什麼聲音……?」

從躲藏各處的「獵犬型」的方向傳來的。

『嘶……嘶嘶嘶嘶……嘶──』

古怪的低吼，逐步拉高成了淒凌的鳴叫──

『『『嘶嘶嘶嘶嘶嘶嘶嘶嘶嘶嘶嘶呷呷呷呷呷呷呷呷!!!!!!』』』

比起最一開始的猛攻還要瘋狂。「獵犬型」們發出了震耳欲聾的嘶吼，不顧一切地從陰影中跳出，襲向殘存的第一戰隊。眾人應付不及，馬上被發狂的無人機逼近眼前。

「維特大哥，危險!」

席奈甩身衝刺，連瞄準開槍的時間都沒有，直接將衝鋒槍槍托毆向一架殺意滿滿的機械。無人機遭到重擊打飛出去，但它的同夥毫不在乎地踩過了它的屍體繼續撕開空氣襲來。

「怎、怎麼回事……!?」

『這個數據是……不可能!』小雪語露驚訝。

維特心急如焚。「快跟我講情……」

『聽得到……嗎！沙……ＡＩ無……的行為突然暴……第五、第五戰隊需要支呃啊啊啊啊啊啊！！…………沙沙沙……』

像是被扯爛了電話線，其他戰隊慌亂中接入的通訊斷成了雜訊。

「這到底是……」

『偵測到奈米機械的反應輸出數值飆升！全城的機械都在發出信號！』

小雪的警告來得又急又快。

『必須警告亞克**立・刻・**離開！**ＡＩ無人機已經全面失控了！！**』

††

被擠扁的子彈落至金屬地板，發出迴盪的脆響。

希萊絲如無底洞的眼神直穿那名開槍的自衛隊隊員，一般人的話，或許早就嚇得屁滾尿流了。

然而渾身抖動的隊員冒著冷汗，卻未見退縮之意。

甚至有可能是「忘記」什麼叫做退縮。

他的眼裡，是不自然的「瘋狂」。

希萊絲也注意到了那「人類」的不正常。

我不甚熟識的那名隊員摩擦著牙齒，像是宣洩般地叫吼道：

「都……都是你們的錯啊！要不是、是，你們把這東西放了出來，我們都可以全身而退的！只……只只只要把你們全殺了，再把這東西摧毀掉，就可以逃出去不會受到失控無無人機的攻、攻擊了！！」

「……汝要不要聽聽看汝現在在講什麼。」

「啥？我在講什麼？當然是讓你們**全部死在這！！**」

他已然喪失了理智。

恐懼會使人癲狂、慾望會使人分裂。

我試圖讓他清醒。「喂，你先……」

「你們是瘋子……你們都是瘋子！這東西可是會毀滅世界的啊，不可能把它帶出去！」

他又亂無章法地射了數槍，通通被希萊絲身上急速延展的奈米反應素擋下。

那反應力彷彿是預測了彈道與子彈數量。

「AI無人機是必須服從人類的……不能……不能讓這些東西踩在我們頭上……

如果不聽話的話那、那毀掉就好……」

「呵，汝的思想可比意料中的還要過時啊。」

「你先停下來，現在不是攻擊希萊絲的時候！」

「閉嘴，中校！！」

混濁而病態的眼睛瞪向我。

彷彿從冥府爬回來的伊藤徹，只是更加暴戾。

「你們才是，為什麼不在一開始就下令徹底毀了這該死的機器人，瘋子才會把它叫醒！不會有人知道的不會有人知道的，既然、既然那麼喜歡袒護那個人造人和無人機，那你們乾脆全部死在這算了！」

我不清楚為何這名隊員會如此不理智，感覺就像腦部被啃蝕了一樣。

他已經語無倫次，無法作出正常判斷。

恐懼、瘋狂、自尊，皆已瀕臨極限。

「你們……都已經沒有用了！通通下地……獄……咕呃……！」

我還想出槍反制之時，他的身體有如被念力操控般朝奇怪的角度彎折。

在他的脖子、手腳的關節處，一圈圈的奈米機械閃著銀光攀附上去。

「汝。」

希萊絲隔空擺出了一個掐住人的手勢。

「人類要互相殘殺，余是沒有意見，畢竟余沒有保護你們的義務。不過吶，我還想在這幾位人類身上多找一些樂子。以此，余不允許你對這些人類動手。還有吶……」

比紗兒還要纖細的手臂看似更加用力了。

「汝剛剛叫余是『**該死的機器人**』是不是？汝這個單細胞生物。」

「咕……嘎呃……」

「說不出話了？那麼——去死吧。」

毫不猶豫，傲視全場的人型ＡＩ握緊右拳，動手將被勒到口吐白沫的自衛隊隊員的全身關節掰開。施以絞刑的奈米機械滴血未沾，眨眼間，那名可憐的隊員不再呼吸，以不科學的姿勢癱倒於地。

他的脖子被掰斷時的碎骨聲揮之不去。

「呀——！」

突如其來的場面嚇壞了紗兒，其他兩名隊員也傻在了原地。

「——**無趣**。」

連眼都不眨一下，希萊絲呈現出淡然置之的態度。

我錯了，錯得離譜。

希萊絲確實無法掌控一切。

然而，她掌控著現在、現場的一切——一切因果。

而她也不是什麼仁慈的高度人工智慧。

她離「殺人魔」，或許只有一步之遙。

此時琴羽重新架起了槍瞄準希萊絲，儘管槍枝對她而言無用武之地。

「亞克，你確定要相信這麼危險的……不把殺人當作一回事的她嗎？」

琴羽犀利地與希萊絲對視，沒有放下對她的警戒。就連坐倒在地的紗兒看起來也頗為排斥她眼前的冷血人型ＡＩ。

就算明知應該打不贏。

「如此的警惕之心，也是值得嘉許。」希萊絲轉向琴羽。「不過余已經說過，那些機械已經不歸余管，汝也毋須擔憂余有多危險到毀天滅地的程度，被十門戰車砲同時指著的話，已遭弱化的余也難以全身而退的。」

「……」

（怎麼辦，該怎麼辦……？）

將希萊絲帶回去的話，可能會與作戰目標背道而馳；然而她剛剛輕而易舉地就在沒有直接接觸的情況下，殺了持槍的人類，對上她的我們絕對沒有勝算。哪怕是展開「異能」試試，結果應該也不會差多少。

理論上，她也是持有「異能」的。

是在古史中，將自己冰封於高聳雪山的「制象者」，幾千年後的化身。

而如果說「未・來・預・知・」就是她的能力……

天知道她會不會信守「不殺我」的「承諾」；甚至回到河口湖基地之後，會不會搗毀一切、血流成河。

——我依然不相信希萊絲。

「信不過的話，允許汝把余上銬捆走，順道一提如果是全密閉的金屬箱子，那余是逃不出去的。況且，汝們也已經沒有時間了吧。」

她看透了我的心思說道。

「不，那倒是不必……妳真的要跟我們走的話，請妳做到一件事。」

——但我相信白石櫻。

「請妳——做任何事情以前，都必須徵得我的同意。」

聽到我的要求，希萊絲挑起了白淨的眉毛。

隨後嫣然一笑。

「真的……十分的有趣。竟然不是要求余不能殺人嗎？」

我緊張地吞吞口水。

「好吧，答應汝。除了**滅世的必然結果**以外，悉聽尊便。」

希萊絲調整了姿勢，單腳後踏並彎身展現了標準的行禮。

在黑紫色與破碎金屬混雜的背景之下，顯得美麗但荒唐。

可是琴羽還是緊咬不放。

「我們怎麼知道妳沒有說謊，希萊絲？」

「AI無人機，尤其是余這種高度智慧的意識體，有很多特質。然，說謊並非其中之一。」希萊絲輕巧答道。

「……把槍放下吧，琴羽。」

「亞克……！」

「她說得有道理，況且我們也沒有時間繼續磨蹭了。」

才剛說完，頭頂即傳來了大量不安的嘎吱聲，彷彿萬獸奔騰的震盪撼動著我們上方的天花板，實驗室照明也頓時切成了隨警鈴閃爍的紅光。

希萊絲似乎是接收到了某種訊號，倏然睜大了眼。

「看來已經開始了。」

她瞇細了眼朝遠方的虛空望去。

我回頭一問：「開始什麼？」

「AI無人機們的失序。」

持續的震響與遭遇「獵犬型」大軍時十分相似，卻又更加劇烈而頻繁。

感覺如果再不從這裡逃出去，下一刻會被大量土石與鐵塊淹沒吧。

「過了不久，這些黑色的醜八怪們也會動起來的吧。它們所傳出來的信號流開始加劇反應了。」

希萊絲敲了敲尚未有特別動靜的黑色奈米機械。

「妳沒辦法處理嗎？」

「講過了，它們已經不屬於余的管轄。不過想要人工操作癱瘓它們的話，有一種簡單的手段。」

我看著希萊絲走回自己「降生」的平臺，在黑色機械垂下的前方，有一個與實驗室各處連著密密麻麻纜線的控制臺。當她一接近，控制臺便滑出了一道狀似掃描裝置的側板。希萊絲緩緩伸出手，五指觸碰青綠色的側板螢幕。

『嗶嗶』的音效混入震動的空氣，螢幕頓時顯示出紅色的「Denied」字樣。

「這個控制臺，有能力癱瘓並讓範圍內的**所・有・**奈米機械自我溶解。」她抬起手甩了甩。「簡單、快速、省力。不過余沒有操作此流程的權限。」

「那誰……什麼能執行這項操作？」

我戰戰兢兢地問。

「人類的特殊機構——ＳＣＲＡ，**局長級**以上的**生命紋路識別認證**。」

講出這句話的同時，希萊絲的視線盯著琴羽。
琴羽的表情先是困惑，隨後轉為驚訝，接著露出了自嘲的臉孔。
「哈……哈……沒想到能有這麼巧的事呢。」
我無法究明這句話背後的意思，只見琴羽舉起了右手，並將常常習慣戴著的手套慢慢卸下。
在那之下的，是一隻由碳纖維與合金打造的手。
從進入特災局開始我就知道了。
琴羽在很久以前因為意外失去了半條手臂。不過在那科技發達的年代，只要有錢有門路，要裝上品質優良的可動義肢並非難事。那以霧面呈現、銀黑色的手就是義肢。只是出於某種原因，她時常都戴著手套不讓人見著。
我一直也都隱約認為她那義肢有不可告人的祕密。
而接下來的一句話，也解開了這隱藏已久的「王牌」。
「局長級的識別認證嗎……我這裡，剛好有一個。」
「琴羽，妳怎麼會有……？」
「這是……在一開始裝上義肢時，陳局長就託付給我的東西。」
她亮了亮手腕之上，並不呈正常膚色而是金屬質地的部分。
「當時特災局還未成立、我也還在實習階段，就遭逢了意外。當時的我也不知道，陳局長為何要將**這樣的東西**，隨著我新的肢體，刻印在我身上……我問她時，她只說了一句。而我現在終於了解那句話的涵義了。」

琴羽面露傷懷之感。

「——總有一天，會派上用場。」

會派上用場……

「該說她有遠見呢，還是說僅是大膽的豪賭……陳局長或許覺得，總有一天我會抵達我那時所不知道的『希萊絲計畫』實驗室，並用上她的識別認證吧。」

「生命紋路的認證，並不只是包含指紋如此簡易，而是需要有那個人的『相對生命特徵』，但是和血型、DNA等卻又不同……汝的那隻手，應是利用精密機械模擬其紋路而成的吧。」

希萊絲補充解釋，琴羽也點了頭認同：

「區區人工智慧，懂得真多。」

「余可是超越了人工智慧的存在，好好記著。」

「我可還沒信過妳，不過我盡量……說起來既然如此，那我就必須待在這裡幫你們處理掉那些奈米機械了呢。」

控制臺，需要有人在場操控。

如果現在馬上操作並讓那些機械溶解，那機械的湧流將會填滿總部，極大的機率根本逃不出去；

如果什麼都不做就撤退，那管轄權限已經被移交至未知人物手上的機械黑潮，將持續吞噬大地，我們一切的努力、奪還總部的作戰，也將付諸流水；

剩下唯一可行的方案，用膝蓋想也知道。

——有人必須留在這裡，等我們通通撤出總部後，再啟動癱瘓流程。

但我又怎麼能接受這猝不及防的展開呢？

「琴羽，稍等一下，我們還能再想些辦法。」

紗兒也加入了勸說。「琴羽姊，一定有其他辦法的，一定有……」

然而琴羽立刻搖頭否定。

「亞克。你們也知道，這是唯一的方法。」

警報持續作響，空間繼續震動。

已經沒有時間，繼續躊躇不前。

琴羽見我們一副不領情的樣子，苦笑了一聲。

她走過來，拍拍我的肩膀。

「別愁眉苦臉的，這不像你啊，亞克。」

我感覺此刻的我就像個過度擔憂的小孩子。

「勢必得有人留下來。」

是啊，這道理我也懂。

然而要讓心理層面接受又是另一回事。

「琴羽姊……」

「嘿，小紗兒，妳也別難過了。」琴羽伸手觸碰她的臉頰。「妳這次做得很好，真的很棒。」

「……琴羽，還記得我的命令吧。」

我與琴羽平視，眼裡是哀愁，也是決心。

「『不要死』。這是戰役現場指揮官的命令。」

她勾起笑容，回應我的認真。

「我知道。我不會白白送死的。」

我們握緊彼此的手，隨後輕輕放開。那一瞬間，我總感覺我會失去什麼。

「我們安全撤離地下樓層後，會馬上發訊息給妳。妳操作完就馬上出來。聽見沒，一定要盡快離開這鬼地方。」

琴羽看起來意外地疲累，不過除了希萊絲以外所有人也都是如此。

「好，知道了。」

拾起槍枝揹在後背，她退了一步，與眾人隔開。

「我晚一點，再跟上你們。」

我不發一語地點頭，指揮剩餘的戰隊收整裝備。

另外，也朝希萊絲那邊瞟了一眼。

「要跟來的話，請自便。」

人型的ＡＩ也沒多說什麼，自動地加入了我們的行列。

「紗兒，來吧。」

「…………好。」

我牽起紗兒的手，與大夥兒回到實驗室門口。

最後一次地，我回頭。

她就站在那裡靜靜地目送著我們。

「……回頭見。」

「嗯，回頭見。」

今天一整天的折騰，已經夠了。

這一切必須劃上休止符。

我踏出門框，離開了那閃爍血紅的空間。離開了一切的原點。

前進，奔跑。在這通往未來的長長廊道之上。

加速的腳步聲在牆壁之間迴盪。

我對著應該是用了特殊力量飄浮在我身旁的希萊絲奉勸道：

「妳最好不要做出什麼陰險的事。」

「真是失禮吶，余除了殺人以外一向堂堂正正。」

「……我真恨不得哪天把妳做成計算機。」

††

看來應該是走遠了。

琴羽看著亞克他們離去的身影，直到消失成黑暗中的一個點。

不知道是不是終於放心了，她頓時感到虛脫無力，勉強撐著控制臺旁的欄杆才不至於倒地。

「哈哈，原來我忍了這麼……久，的嗎？」

她用正常的左手摀著自己的側腹，一股溫熱感傳進她的掌心。

她不敢去看，但她也不用去看。

——在稍早的戰鬥，一架貼過來的「獵犬型」朝琴羽射出利刺。

她防範不及。

被命中的當下，也許因為腎上腺素激發的關係，沒有什麼特別的感覺。

而色調相似的防彈衣也讓墨紅的血跡在其他人眼中形同無物。

直到現在，痛楚感才開始直擊她的腦門。

「還真痛啊，可惡。」

琴羽的手掌已經沾滿了鮮血。在紅色警示光不斷閃爍的震盪空間中，看起來就像一團黑泥。

但，她還不能倒下。

——我也找到值得自己守護的事物了。

在她實現這句話的**結局**以前，她不能。

建築結構的損壞讓牆壁產生了裂痕，一些失去了支撐的管線開始脫落。

連帶著碎屑與外側積累已久的地下水，開始從孔縫之中滲出。

控制臺還在安靜等待下一位造訪者。

黑色奈米機械也依然穩定地呼吸著。

然而琴羽體內的血液、元氣、思考，正一滴一滴地被抽乾。

不知道自己模糊的意識，還撐得住多久。

「我是……不會現在就，倒下的。」

心意已決的琴羽，盡可能地維持著專注力。她逼迫著自己站直身子，面對控制臺，隨時準備將右手貼上掃描螢幕認證。

她知道，她會有什麼樣的結局。

她並不後悔。

只是，無可奈何地，想起了遠在他鄉的摯友。

「抱歉，沒能跟妳好好地道別，要多保重啊…………櫻。」

如地震一般，大樓搖動更加猖狂。

一顆巨大的落石砸下，堵住了唯一的出入口。

††

剛出長廊沒過多久，兩三架突然襲來的「獵犬型」使我們差點來不及應對。

而這幾架恐怕也不是從維特那邊跑過來的。無論是戰鬥的痕跡、狂暴化的特徵，都比較像方才一直躲在某個地方、現在才冒出來的小鬼頭。

「那些，應是AI無人機失控，所引出的埋伏兵力。」

「還有這種事的嗎……」我費力地擋下一架無人機並順勢給了它幾槍。

這一路上希萊絲並沒有協助作戰，多半只是在旁邊看戲和觀測情況。

很像她的「風格」。

我們斷斷續續地迎擊著落單的無人機，直至爬上地下二層時，通訊奇蹟般地恢復了：

『……沙……聽……聽得到……到嗎，喂，亞克！能不……聽……』

「喂，喂！是小雪嗎？維特？哈囉？」

『很好……能接回通訊……沙……之，必須警告……一件事……』

我用力按住通訊裝置，盡快爬高讓收訊再清楚一點。此外剛剛也特地為了傳輸順利而調整過了通訊裝置對應的頻率，好讓位於地下的琴羽能夠接收到。

戰隊的其他成員持續戒備，我盡可能清楚地發問：

「什麼？什麼事情？」

『AI無人機……全面……控了，趕快逃……』

——與希萊絲所述一致，他們恐怕正在遭遇更狂暴的攻勢。

「這我知道，我們已經在撤退途中了！」

又加快了腳步，我奮力踏上一階。

『與希萊……的作戰……沙……如何了？』

「哦，這個……你最好先不要知道比較好。」

琴羽被留在了原地等待、戰隊裡有未被發現的保守派被奇異的方式弄死，還額外帶了個不知道有何居心的超高等AI出來。

（這絕對不是能現在報告的東西吧……）

「總之我們快回到大廳平層了！你們再撐一下！」

通訊的音質逐漸好轉，眼前也浮現了明朗的光點。

『那就再……快一點！大樓內淨空了但……外面已……有部隊被突破了，你我都得從正門撤退，而那群大型無人機已經快殺進來了！』

「正在趕了！正在趕了！」

「亞克，前面！」

紗兒緊急拉住我的兜帽煞住腳，一塊碎裂的牆壁馬上在我面前崩落倒下。我們身後的階梯、牆壁、扶手也都開始龜裂破碎，大樓結構搖搖欲墜，估計已經無法再撐更久了。

『喀喳——！』

「欸？什……唔哇哇哇啊啊！！！」

在此同時，身後的階梯應聲斷裂，自衛隊僅剩的兩名成員的其中一名不慎失足，摔落到了只剩幽紫鬼火陪伴的深坑之中。

我伸出的手來不及抓住他。

「——該死！怎麼又這樣！」

後頭的路，已經斷了。

但我不知為何，自動拋開了**她**待會要怎麼上來的疑問。

「汝在此自怨自艾，無濟於事的。」

我了解希萊絲的言下之意，然而再度失去同伴，任誰都不好受。

不過，也快要回去了。

還有人在這瓦礫堆的深處等著我。

「琴羽……再堅持一下！」

我帶著紗兒、希萊絲以及最後一名第二戰隊的倖存者，轉過最後一個轉角後三步併兩步地踏上階梯，終於回到了一片狼藉的大廳。

「亞克！！」

本來蹲坐在牆角的席奈見到我欣喜若狂，步伐微跛地跑了過來。

「你們！都沒事吧？」

「我沒事但……這是……!?」

維特也拖著裝備走了過來。

「那些剩餘的『獵犬型』突然狂暴化了。雖然已經全數殲滅但是……我們又折損了三名幹員。」

我瞄過了他身後，殘存的幾名特災局幹員正一邊抵禦警戒、一邊安置著同伴的屍體。小雪也在慌亂中接入通訊：

『亞克，人都到了嗎？你們所有人必須立刻離開。』

「知道了，馬上行動。」

維特也同樣檢查了我身後跟上的成員，接著，陷入了明顯的不解。

「亞克，琴羽人呢……等等，這位……這名，呃，這個？這個人是？」

「希萊絲。」我簡略介紹。

「午安，人類。」

與我們身上的髒汙感格格不入的ＡＩ。「友善」地招了招手。

我都忘了她還是全裸狀態。

不過維特和席奈顯然沒把她「只用了很長的白髮遮住身體」這一件事放在眼裡，他們大概更在意為什麼我會把終極大魔王帶出來吧。

「反正**不是很重要**。」我感受到希萊絲視線的殺氣但也沒空管了。「然後琴羽……不好，我現在就傳訊給她！！」

「她怎麼了!?」

「她……說來話長，但她自願殿後了……喂，琴羽，聽到請回答！」

經過了調整的通訊依舊不是很良好，但頓了幾聲後還是成功地連上：

『亞克……嗎？』

「琴羽，我們平安抵達大廳了，妳可以啟動癱瘓流程了！」

『好，等我一下……………………嗯，完成了。』

「呼嗚，那傢伙還真的辦到了，該好好誇讚一下。」

隨著希萊絲感應到了機械信號的動靜，覆蓋了整座舊ＳＣＲＡ總部的黑色金屬黏塊也停止了呼吸閃爍，跟著大樓的搖晃一同開始崩解。

「那就好，妳快點**趁整個城市崩塌之前**跑回來，我會過去接應妳！」

『…………不用了。』

「……妳在說什麼？」

我無法理解。

『你們幾個……快走吧。』

琴羽氣虛的聲音傳來。

「妳……受傷了嗎？」

『算是……吧。不過任務……已經完成了。換你們，撤退了……』

「那妳也要一起撤退啊！琴羽！」

我止不住聲音的顫抖。

『哈……我覺得，我已經……不行了。』

我早就該知道會這樣。

「什麼不行，妳得趕快上來，這座大樓會垮的！」

世界正在瓦解。

『亞克……』

「如果有什麼東西擋住路的話，我下去救妳！妳等著！」

『亞克……我……』

不行，不能這樣。

「妳自己說好了……這可是命令……妳……」

我不能讓妳——

「妳不是說晚點就會跟上我們的嗎！！！！！」

四處的牆壁，都在粉碎瓦解。

ＡＩ無人機的喧囂聲，隨著槍林彈雨在外頭躁亂。

聽著我和琴羽的對話，夥伴們都在顫抖。

『亞克……聽著……』

從深處傳來的她的聲音，已經虛弱到只剩氣音。

『我已經出不去了………你們要帶著……希萊絲，回到基地。然後……把這一帶，全部給……轟了……』

「你……琴羽……妳怎麼能……」

『抱歉啊，最後…………………還是沒能趕上。』

我跪倒在地，感覺就像對著虛幻的空氣說話。

「……妳怎麼就如此任性呢……琴羽……」

通訊的那一頭，她笑了。

『……半斤八兩……吧。』

ＡＩ無人機已經越過了防衛線，我在嘈雜的背景中聽到了大型無人機的高吼，還有旋翼機緊急降落的振翅之音。有人在催促著我們趕緊撤退。

時間的沙漏，正快速流逝。

她再度與我搭上話。

『亞克……我這陣子，常常都在想……到底，什麼是該守護的……東西，什麼才……叫做……英雄……』

「拜託妳，不要再想那些…………」

「琴羽……」

『……然後啊，我終於……想通了……也做到了……或許。』

『吶……我…………有成功守護到了什麼……嗎……？』

我粗魯地擦去潰堤的淚水。

「有，當然有！妳不是已經……守護了我們嗎？」

『啊……是嗎……那就太好了…………』

感覺，心中已經接受了某個現實。

某個太過於殘酷的現實。

大樓逐步地開始崩毀，我驚險地被拉離下一秒被水泥塊壓扁的地面，通訊也逐漸不穩定。

『大家都沒事……對吧。維特、小雪……席奈、紗兒……，抱歉……我得暫時……拋下你們了……』

紗兒已經淚如雨下，卻半句話都發不出聲。

我也一樣。

『對了……最後……希萊……絲，在吧？』

「汝說。」

希萊絲的神情也變得肅穆，專注地聆聽著我與琴羽的通訊。

『……有空……話……多看看這……世界吧……』雜訊不斷干擾著，『現在這……界，並沒有……想像中冰冷……』

「……我會的。」

這是我第一次，聽到希萊絲如此認真不開玩笑的答覆。

「琴羽…………謝謝妳。」

事到如今，我只擠得出這種蠢話。

『……謝什麼呢。我……我們才該…………謝你。』

地面大力地震動，不用多想也知道，地下的所有角落應該都被鎖死了。

我不知道，該如何回應。

如何回應陪伴著我、幫助我、一直看著我的她。

「沒有妳……我們又能怎麼辦呢……？」

她明明帶領著我們走過那麼多路。
特災局不能沒有她的存在。

我們不能。

然而，她卻說了：
『放心……吧……你們……會……沒事的…………』
淚珠在空氣中，化為戰火中的餘燼。
飄散到了春風之中。
在遠方的天空蒸發。

『…………因為你才是那個，可以拯救大家的……**英・雄**・吶，亞克。』

我猛然抬起頭。伸出的手妄想抓住縹緲的空氣。
通訊『嘟』的一聲強制掛斷。
熟悉的聲之影消失在塵砂之中。
「琴羽……」
大家都沒有出聲。

只有抽泣與背後戰場的紛雜。
「琴……羽……」
有人拉著我的身體。要我後撤。
旋翼機已經在門口待命。
我們必・須・離・開・了。

但是，為什麼呢？
我再也控制不住了。

「琴琴琴琴琴琴羽羽羽羽羽羽羽羽羽————————!!!!!」

高聲的哭喊撕裂這個世界。

硝煙瀰漫在臺北一發不可收拾的崩解之中。
城市上頭的凶猛黑潮，像是失去了生命般開始退散。

而那些被遺留在無人之都的回憶……
沒有再被喚醒的一天。

【終章】 凋零的輓歌

梅雨。
不留情面的大雨將大地染得霧氣重重。
河口湖的湖畔長椅上，我撐著傘坐著。

滴答。
滴答。
滴答。
——轟隆。

那天，在強烈攻勢下的撤離行動，原以為要全滅的我們，卻在自衛隊遠道而來的新一批馳援協助下，匆忙地上了撤退用的傾轉旋翼機。
才剛上飛機，底下的地塊——黑色的奈米機械瞬間裂解。
而不只是地面。總部大樓、松山機場、周邊的大街小巷，通通都因為奈米機械遭到癱瘓、溶解而在其舊貌重出天日的當下，摧毀瓦解。
殘存的武裝ＡＩ無人機勢力，也在各戰隊的掃蕩以及——犧牲之下，幾乎全數被殲滅。黑色的浪潮也逐漸驅散，注進了下水道與淡水河中。
將奈米機械**所能帶走的一切**，流入了汪洋深處。
剩下的殘黨，則被軍機的大範圍陣地轟炸炸了個片甲不留。
戰術上，是勝利了。
然而這次的犧牲人數與戰況，遠比東京那一次還慘烈。
不過，至少我們奪還了臺北。
重新得到安全返回故鄉的入場券。

——當時在飛機上，看著機械群集瓦解的景象，希萊絲似乎說了些什麼。
但那時悲痛欲絕的我，並沒有聽清楚她的囈語。

雨聲在我的耳邊敲著單調的奏鳴。
過了一會兒，某個人也打著傘，在我身旁一段距離坐下。
「我可以，坐這邊嗎？」
「妳都坐下來了就請便吧。」
良久，我們之間沒有任何一句對話。
就是靜靜看著滴水落入湖泊之中。
不過也許是厭煩了雨聲，我找了些話題開口：

「紗兒呢？」
「這幾天都，哭得很凶呢。不過現在睡得很沉。」
「是嗎？」
「她變得很堅強。」
「我想也是。希萊絲呢？」
「她自願接受各種檢查，目前是把她軟禁在，我地下的研究室裡。我們還有很多東西，需要跟她做確認。不過你能把她帶回來，真是幫大忙了。」
我聳聳肩，順便抖掉一些傘面的雨水。
「還不知道究竟帶她回來是否利大於弊。」
「至少，是個成果。」
話題結束。雨聲又重新覆蓋我們之間的空氣。
「白石……」「亞克……」
陣雨點點。
「……」
「……」
「妳先吧。」
白石櫻稍微低下了頭，現在的她所散發的氣場，沒有以往銳利。
「……琴羽的事，你不要自責。」

「我並沒有自責，我只是……」我無奈地嘆了口氣。「我只是這幾天都一直在想……當時，我們有沒有別的選擇。」

「選項，一直都很少。」

「那是因為我們沒有好好去創造。」

「但你們有嘗試過了。」

「我們只是戰得潰不成軍。我連『異能』的本領都無法發揮——」

「而這個『潰不成軍』讓你我現在可以坐在這邊說話！……不是嗎？」

白石櫻加大了音量，少見地冒出內心的情緒。

「……在如今的世界，嘗試就是一切。嘗試，讓我們得以生存。」

「不過也已經沒有那麼多次的……試誤機會了。」

「是。也因此我們，不能讓發生過的一切，白費掉。」

白石櫻吐了口氣，繼續說著：

「你知道，琴羽，她……離開前，跟我說了——她找到了她奮鬥的意義。想必在那片戰場，她也實現了，她口中的『意義』。」

「……她是個英雄，對我們所有人來說。但是她的生命已經凋零了。」

「是。所以我們得繼續前進。凋零不代表結束、花謝不代表死亡。」

「妳這很像那名控靈使在幻境中跟我說的話。」
「那他，是挺有一番，道理的。」
「這就有點自吹自擂了。」
「哈。」
遠處，幾隻白鶴飛往陰雨的天際。
「……離文明重建的道路，還有多遠呢？」
「只要我們找到，真相，那就不遠了。」
真相，是嗎？
我平靜地心想。
「希萊絲想必，可以給我們，帶來某種解答的。」
「希望如此。」

——究竟，何謂英雄？
我說琴羽啊，妳把我稱作英雄，希望我帶領大家。
但是現在的我，還遠遠不夠格。
我甚至無法好好掌控自己的能力、我還太稚嫩、會拖累他人，甚至當時在戰場上
——我無法拯救妳。只能在此，憑空悼念。
還遠遠不夠。

我無法總是躊躇不前。

——哪天，如果為妳建了墳，那讓我送上一束花吧。

我希望妳可以知道。

妳和其他所有人，都不會白白犧牲。

柔和而冷淡的雨，持續打著五月的哀愁。

有點朦朧的視野左側，白石櫻默默地靠了過來。

我也不確定朦朧的是眼前之景還是我的眼睛本身。

總是穿著實驗白袍的她，收起了自己的傘。

「亞克。」

「怎麼？」

「你並不是我會愛上的，類型。」

「妳這沒頭沒腦的話還真夠狠的。」

她輕笑著，坐到我身旁，不過我也並不排斥。

「雖然不會愛上，不過，能否借我靠一下呢？」

「……我不介意。請吧。」

「謝謝……」

白石櫻微微斜身，櫻色的髮絲垂到我的肩頭。
雨霧之中，她沉穩、卻偶爾顫抖地呼吸著。
我將傘稍稍左斜，蓋住了兩人的傷痛。
雨還沒有停。

——《塵砂追憶03 - Full Disintegration》完

「幸好戰爭是如此駭人，否則我們會打到樂此不疲。」

——羅伯特・李

後記

亞克與白石櫻絕對不是那種關係！絕對……大概？

大家好，我是亞次圓。超越過往並且大概會被追究字數太多的第三集完稿了，我又可以來後記這邊廢話一下。

首先，對於這次真的讓重要角色陣亡這件事，我也感到很難過。

然後，對於自己還算擅長把角色寫死這件事，也感到開心（欸？）

總之，基本上算是一整個「大事件」的收束的本集，結束了。只希望這本書可以帶給大家更多的記憶、更多的情感，以及一個沒有寫得太糟的劇情。老實說，在撰寫這十萬字的時候，手感一直都很不順。花了兩個月的時間絞盡腦汁，才好不容易完成了《塵砂追憶》的第三部作品。

我想讓紗兒的成長更為顯著；

我想讓琴羽的角色特質更為豐滿；

我想讓白石櫻在大家眼裡，是一名也有脆弱面的「少女」（※31歲）。

不知道，有沒有做到呢……呃呃呃呃啊啊啊啊有沒有啊啊啊……

回到標題。
這次的副標選用了「全面崩解－Full Disintegration」這樣淺顯易懂的文字組合。代表的，不只是物理層面上，整個臺北市迎來終末後，紛紛碎裂瓦解的景象；更是整起事件與真相逐漸的水落石出，以及，價值觀、情感的崩壞。
同時也是怕跟湯哥的電影重名，所以放棄使用「全面瓦解」一詞XD
另外，也許敏銳的大家也會發現，舊SCRA總部大樓的設計、臺灣於大災變後的實際情況，或許跟第一集有微妙的出入。畢竟第一集在「某些層面」上，並不是「真」的，所以就大膽地讓世界線朝向稍稍不同的方向發展了。
同時，COLA老師所繪的希萊絲超級有感，充滿了可怕的壓迫力，讓我不知不覺間把原本比較幼女個性的希萊絲寫得成熟、而又嘴砲了一些。
還請各位期待這個「新・主力角色」未來在劇情中的表現。
另外，當然，不能忘記。
可愛、迷人、有妹妹屬性，活潑的同時也心事重重、大概只出現了不到兩千字的艾莉——艾莉緹。
她是我很喜歡的一個角色。
我也真的不知道為什麼，但艾莉緹好棒哦。
在把她寫出來的當下，雖然僅是間章中的一個小配角外加下一本可能也許大概或許應該有的伏筆女主角，但真的只有在寫她與亞克對戲的那一段時，是最順暢、個人也最愛的一段。

真的是莫名其妙。

而且還跟《借物少女艾莉緹》重名啦亞次圓這王八蛋——

總之，敬請期待她下一次的颯爽登場！

也希望，不會是太久之後。

無論如何——

一樣感謝呂編，真的很抱歉好像又讓紙張印刷量多更多了，我會好好用身體賠罪的（不是）。

感謝繪師ＣＯＬＡ老師，這次的希萊絲和整個奈米機械的氛圍，真的是絕讚啊！尤其是那若隱若現的……欸嘿。

感謝摺紙音樂、歧響音樂的團隊和演奏的大大們，因為有你們。「小說主題曲」這個概念才得以實現、得以上架到各大音樂平臺並公開於世界之上。

更謝謝睦月，唱出了〈不可憶「幻夢」〉，以妳的聲音，宣揚這篇物語的種種、溫暖了人們的心靈。

也感謝我的家人、不時與我聊天的創作者老師們、整天跟我瞎起鬨的「男孩們」。因為有你們的陪伴，我才能持續以健康的姿態，走這麼遠（健康？）。

當然，依舊有許許多多被我放空的大腦忘記的感謝，寫完這本後，腦袋真的直接減了百分之五十的記憶體……所以還容我深深一鞠躬表達謝意。

最後，也再次感謝，在十萬字之後，依然駐足於此的你。

是你，讓不斷失去的他們、讓不斷成長的她們，能夠在這荒誕的世界之中，找到一絲絲的未來光景。

最後——

《塵砂追憶》，一直以來，都是個在如今依然無法鬆懈的肺炎疫情期間，慢慢完成的系列小說。

有時候，我總會覺得它們生不逢時。

明明好不容易完成的故事，卻不巧接連碰上疫情造成的延宕。

也會很自私地想著，我是不是被下了只要出書就會出事的詛咒。

然而，再仔細思考……所有在這個時代創作的人們，何嘗不是如此？

我們同樣，都是這樣的世界中，奮不顧身的頑抗者。

所以，在本書的最後，希望大家都能過得好好的。也希冀，這座島嶼、這個世界終有一天，能夠好起來。

黑夜再怎麼悠長，白晝，總會到來。

更期望本書能夠帶給你，那麼一點點的能量。

另外不論在臉書、推特、ＩＧ或是ＹＴ等社群媒體都能找到我的身影噠。

那麼，該是暫別之時了。

願這個世界，終將迎來她最淒美的終末。

後記執筆時聆聽：電脳／V・W・P

亞次圓06／17／21筆

【封面草圖】

初稿